愛したのは私？

リン・グレアム
田村たつ子 訳

ハーレクイン
SP文庫

DON JOAQUIN'S PRIDE

by Lynne Graham

Published by Harlequin Japan,
a Division of K.K. HarperCollins Japan, 2024

リン・グレアム

北アイルランド出身。10代のころからロマンス小説の熱心な読者で、初めて自分で書いたのは15歳のとき。大学で法律を学び、卒業後に14歳のときからの恋人と結婚。この結婚は一度破綻したが、数年後、同じ男性と恋に落ちて再婚するという経歴の持ち主。小説を書くアイデアは、自分の想像力とこれまでの経験から得ることがほとんどで、彼女自身、今でも自家用機に乗った億万長者にさらわれることを夢見ていると話す。

◆主要登場人物

ルシール・ファビアン……………求職中の女性。愛称ルーシー。
ルシンダ・パエズ………………ルーシーの双子の姉。愛称シンディ。
ロジャー・ハークネス…………シンディの婚約者。
マリオ・パエズ…………………シンディの亡き夫。
フィデリオ・パエズ……………マリオの父親。
ホアキン・デル・カスティーリョ……フィデリオの隣人。牧場主、実業家。
ヨランダ・デル・カスティーリョ……ホアキンの妹。

1

「あなたになりすますなんて、無理よ」ルーシーことルシールは驚いて姉を見つめた。「どうして？　グァテマラは地球の反対側だし、フィデリオ・パエズとは会ったこともないのよ。彼、私に双子の妹がいることすら知らないわ」

「いまは行ける状態じゃないと手紙で断ればいいのに」シンディがなぜ身代わりを仕立ててまでフィデリオ・パエズの意にそおうとするのか、ルーシーにはよくわからなかった。

「それですむなら苦労しないわ」

「一カ月後に結婚するのは事実なんだから、準備で忙しいと言えばわかってくれるんじゃない？」

「それほど単純じゃないのよ。私に手紙をよこしたのはフィデリオ・パエズ本人じゃなく、彼の隣人のデル・カスティーリョとかいうお節介やき」シンディはぽってりした唇を引き締め、きれいにマニキュアをした左右の指をからみ合わせた。「手紙には、私がグァテマラに行って、息子を亡くした孤独なフィデリオのために、しばらく彼の牧場に滞在すべきだと書いてあったわ」

「デル・カスティーリョって人にそんなことを強要する権利があるの？」

「フィデリオの息子の嫁として、舅《しゅうと》に会いに行くのは当然だと思っているのよ。彼にはほかに親戚《しんせき》はいないようだし」

「わからないわ」一般論で言えばそれはまっとうな要求かもしれない。けれど五年前にほんのわずかな期間で終わった姉の結婚生活を考えると、相手方が多くを求めすぎているという気がしないでもなかった。

ロサンゼルスで働いているとき、シンディは裕福なグァテマラの牧場主と出会い、恋に落ち、結婚した。けれど新婚気分も抜けないうちに、見るからに健康そうだった夫、マリオ・パエズは心臓発作であっけなくこの世を去った。当時グァテマラは大洪水に見舞われて通信網が麻痺《まひ》し、国じゅうが混乱していた。夫の生い立ちとか家族のことはほとんど何も知らなかったので、シンディは彼の身内に連絡を取ることすらできずにアメリカで葬式をすませ、そのあとすぐにロンドンに帰った。

「マリオのお父さまといまだに連絡を取り合っていたなんて、知らなかったわ」ルーシーはやわらかなすみれ色の瞳で姉を見つめた。

「せめてそれくらいはすべきだと思って」シンディはきまり悪そうに頬を染めた。「それに、フィデリオはいま体の具合が悪いらしいの」

「お気の毒に」ルーシーは眉をひそめた。「病状は深刻なの?」

「そうらしいわ。瀕死《ひんし》の病人に、再婚するから会いに行けないなんて手紙を書けると思う?」

もちろんそんなことはできはしない。

「彼の隣人だという人、先走って飛行機のチケットまで送ってきたのよ。でも私はいや。たとえロジャーとの結婚が決まっていなくてもグァテマラになんか行きたくないわ」シンディは腹立たしげに言葉を継いだ。「病人って大嫌い。辛気くさくて、そばにいるだけで気がめいってしまうの。同情したり看病したりするのって、昔から苦手なのよ」

ルーシーはため息をついた。たしかに、母が闘病中、シンディはほとんど見舞いに来なかった。けれどルーシーが仕事を辞めて母の看病に専念しなければならなくなったとき、姉は病院のそばに小さなフラットを買い、経済的な面で支援してくれた。いまそのフラットは売りに出されている。母亡きあと、ルーシーは少しでも早くそこを処分して姉に借りを返したいと思っていた。

「あなたなら大丈夫。きっとフィデリオに気に入られるわ」シンディはなんとか妹を説得しようとした。「ママをあれだけ献身的に看病できたんですもの」

「でも病人をだますのはよくないわ。それよりロジャーとよく話し合って――」

「とんでもない! 彼には絶対に知られたくないの」シンディは立ち上がって部屋を横切

り、哀願するように妹の手を取った。「フィデリオ・パエズからどれほどのお金を受け取っていたかがばれたら、ロジャーは式を取りやめにしてでもグァテマラに行ってこいと言うに決まってる。そんなことになったら私……」

ルーシーは驚いて姉を見つめた。「フィデリオ・パエズからお金を受け取っていた？」

「彼は……つまり……あれからずっと送金してくれていたの」

「なぜ？」優雅な暮らしぶりを見るかぎり、姉が経済的に困っているとはとても思えなかった。「マリオのお父さまがあなたに送金しなければならない理由でも？」

「いけない？」シンディはけんか腰にきいてきた。「フィデリオはお金持ちで、養うべき家族もいないのよ。それに、マリオが死んだとき私はまったく何ももらわなかったわ」

ルーシーは姉の露骨な損得勘定に顔を赤らめた。

シンディは肩を落とし、大きく息を吸った。「フィデリオに何度も招待されたけどグァテマラに行ったことはないし、二年くらい前、彼がロンドンに会いに来ると言ってきたときもなんとか口実を作って断ったわ」

「でも、なぜ？」ルーシーは信じられずに姉を見つめた。

「私はあなたみたいな善人じゃないのよ」シンディは渋い顔でつぶやいた。「なぜ私が見ず知らずの年寄りに会いに地の果てまで出かけていかなければならないの？　なぜ忙しい時間を割いてフィデリオのロンドン見物につき合わなければならないの？　いつか会おうとは思っているのよ。ただ、いまはタイミングが悪いってだけ」

ルーシーはうなずいた。姉がそれほど単純じゃないと言った意味がいまようやくわかった気がする。「ロジャーはフィデリオのことも、私が彼にお金をもらってたことも知らないわ。老人からお金を巻き上げるばかりで何も返していないと知ったらきっとかんかんになる。結婚もだめになるかもしれない」シンディは目に涙をため、唇をかんだ。「ロジャーには過去のことを話していないの。いまの私は昔の私とは違う。去年ママとあなたに再会してから新しい自分に生まれ変わって、そのあとはフィデリオから一ペニーも受け取っていないわ」

「いいのよ」姉のいつにない率直さに目頭が熱くなる。「心配しないで」

「じゃ、私の代わりにグァテマラに行ってくれるのね？　お願い、あなたしか頼る人はいないのよ。もし頼みを聞いてくれたら死ぬまで恩に着るわ」

「シンディ――」思いきり抱き締められてルーシーは胸を詰まらせた。かつて姉がこれほど感情をあらわにしたことはない。

姉妹が七歳のとき両親が離婚し、シンディは父親に、ルーシーは母親に引き取られた。以来十五年、二人は別々の道を歩み、最近になってようやく再会したものの、もともと性格も好みも違う姉妹のあいだにできた長い歳月の溝を埋めるのは簡単ではなかった。

そしていま、少女時代から十五年を経て初めて、シンディは妹に心を開き、助けてほしいと懇願している。自分よりはるかに魅力的で仕事もできる姉に必要とされていると思うと、ルーシーは誇らしかった。自立心が強くもの静かなルーシーは、明るく活発な姉が突然目の前から消えたときはどうしていいかわからないほどショックを受けた。それ以来、肉体の一部をもがれたような喪失の痛みは常につきまとい、孤独感から解放されることはなかった。けれどいま再び目の前に助けを求めるシンディがいる。ルーシーは心から不安を締め出し、姉のためにできるだけのことをする覚悟でほほ笑んだ。

シンディは少し身を引き、改めて妹の服装を観察した。メイクアップ・アーティストになるトレーニングを受け、ファッション・バイヤーとして働くシンディは、装いに並々ならぬ関心を持っている。

皮肉にも、一卵性双生児でこれほど似ていない姉妹もいないだろう。ルーシーはいつもノーメイクで、カラメルブロンドのカーリーヘアもうなじでひとつに束ねているだけだ。チェックのシャツにふくらはぎまでの丈のデニムのスカート。靴ははきやすいフラットと決めている。

「去年、ドレスアップした私の写真をフィデリオに送ったの」シンディはすでに結論を出していた。「そうと決まったら、さっそくあなたを私に変身させなくちゃ」

自分が加担しようとしている恐ろしい裏切りを思って突然自信を失い、ルーシーは当惑してその場に立ちつくした。そんなことができるはずはない。なんの取り柄もない野暮ったい私が、美人で華やかな姉の身代わりになるなんて……。明るいブロンドに染めた髪にストレートパーマを当てて背中に垂らし、スリムなボディラインを強調する服をまとい、シンディは小柄ながらまるでファッション・モデルのようだ。ルーシーは手を握り締め、かみすぎて先がぎざぎざになった不格好な爪を隠した。

酒場――といってもトタン屋根の掘っ立て小屋にすぎないのだが――の前でポンチョをまとったしわ深い小男が馬から下り、炎天下の道路ぎわの横木に手綱を結わえて薄暗い店内に入ってきた。男はカウンターに近づき、そこにいた仲間と一緒に珍獣でも見るように色白の若いイギリス女性を眺めまわした。たしかに、しわの寄ったピンクのデザイナーズスーツに不安定なハイヒールという装いはグァテマラのペテン地方では珍しいに違いない。ルーシーはくしゃくしゃのティッシュで額の汗をぬぐい、あまりの蒸し暑さにげんなりして傷だらけの木のテーブルに目を落とした。グァテマラ滞在中は何着ものドレスが必要になるとシンディは言っていた。でも姉に借りた服は派手なうえに着心地が悪く、ピンヒールのパンプスは拷問のように爪先を締めつけてくる。

きのう飛行機でグァテマラ・シティに着き、国内便に乗り換えてフロレスまで飛び、そこの小さなホテルに一泊した。牧場のだれかがホテルまで迎えに来てくれると思っていたのに、フロントにサン・アンヘリータの交差道路《クロスロード》で待つようにというメッセージが残されていただけだった。

ぽんこつタクシーがハイウェイをそれると周囲は見渡すかぎりの荒野となり、ほどなく、轍《わだち》の跡が残る干からびた泥道に入った。延々と続くほこりっぽい道をさらに進み、ついに、火口の内側のような乾燥地帯のただなかにいまにも崩れそうな小屋が散在する集落にたどり着いた。

長旅の緊張と疲れに加えて、自分がシンディでないことを見抜かれるのではないかという不安がルーシーを苦しめている。何かつじつまの合わないことを言って偽装がばれてしまったらどうしよう？　病床にある老人を欺くのは気が重いが、ほかに選択肢はなかった。シンディは絶対に来なかっただろうし、フィデリオ・パエズが一人で病と闘っていると思うといても立ってもいられない気持ちになった。

カウンターにたむろする男たちが急に黙り込んだのに気づいてルーシーは顔を上げた。マカロニ・ウエスタンに出てくるクールな殺し屋ふうの長身の男が、拍車のついたブーツをはいた足を広げてドアのところに立っている。テンガロン・ハットの下からこちらをうかがう鋭いまなざしに気圧《けお》されて息をのみ、ルーシーは百五十二センチの小柄な体をさらに縮めた。

カウンターから出てきた店主がその男に冷えたビールを差し出し、客のだれもが帽子を上げて丁寧なあいさつを口にした。男は一息でビールを飲み干すとグラスを返し、隅のテーブルに座っているルーシーに近づいてきた。

「ルシンダ・パエズ？」

高みから見下ろすような横柄な態度が気に入らず、ルーシーは背筋を伸ばして立ち上がった。十二センチのヒールをはいていても、百九十センチに近い長身の男の肩にも届かない。「私を迎えに来てくださった方？」通じるかどうかわからなかったがとりあえず英語できいてみた。「車の音は聞こえなかったけれど……？」

「だろうね。馬で来たから」

英語は完璧《かんぺき》。でも面白いジョークではない。大荷物を抱えた旅行者を馬で迎えに来たですって？　ルーシーは、怖《お》じるまいとブロンドの頭をそらした。「身分を証明するものを見せていただけます？」

「そんなものはない。ぼくはホアキン・フランシスコ・デル・カスティーリョ。信じようが信じまいがきみの勝手だが」

「セニョール……デル・カスティーリョ、失礼ですけれど、私、身分証明書もお持ちでない初対面の方についていくほど無防備じゃありませんの」

「ほう？　ロサンゼルスのバーでマリオを引っかけて、その夜のうちにベッドをともにした女性からそんな意見を聞くとは思わなかった」

ルーシーは驚いてまばたきし、男の固く結ばれた唇を呆然《ぼうぜん》と見つめた。正面切ってこれほど悪意ある言葉を投げつけられたことはない。「よくもそんなひどいことを……」

「ぼくの前で気取っても無駄だ、セニョーラ。小さいころから兄弟同様に育ったマリオのことはだれよりもよく知っている。淑女を演じたいならフィデリオの前で頑張ることだね。一緒に来るか、それともここに残るか、早く決めてくれ」

「あなたとはどこにも行かないわ。だれかほかの人を迎えによこして――」

「余分な人手はない」ホアキン・デル・カスティーリョはそっけなく言い放ち、すたすたと店の外に出ていった。

あまりにも無礼な扱いに戸惑い、ルーシーはしびれたように立ったまま傲慢《ごうまん》な男の広い背中を見送った。それから、カウンターで突然しゃべり始めた男たちのほうに不安なまなざしを向ける。もしかしたらこのなかに英語のわかる男がいて、ホアキン・デル・カスティーリョの侮蔑《ぶべつ》的な発言をほかの連中に解説しているのかもしれない。ルーシーは赤面し、重いスーツケースを抱えて外に出た。

マカロニ・ウエスタンの殺し屋はそこで待っていた。

「あなたみたいな礼儀知らずに会ったのは生まれて初めて！」ルーシーは精いっぱいの嘲《あざけ》りを込めて彼を一瞥《いちべつ》した。「これからは必要なこと以外話しかけないで」

「荷物は持っていけない」何も聞かなかったかのように、ホアキンはルーシーの手からスーツケースを奪い、地面に下ろして蓋《ふた》を開けた。

「何するの？」冷ややかな無関心を装おうという決意は早くも崩れ去った。

「大きな荷物は馬の負担になるし、牧場ではこんなひらひらした服はいらない」ホアキンは不機嫌に断じた。「いるものだけを出してサドルバッグに入れるんだ。ほかの荷物はきみが帰るまでここで預かってもらえばいい」

「馬？」ルーシーは消え入りそうな声できき返した。「私が、馬に……？」

「フィデリオはトラックを売ってしまったんだ」

「ほんとうに……馬で行くの？」

「急いで」ホアキンは当然のことのようにうなずいた。「二、三時間もすると日が暮れる。店の裏で長旅にふさわしい服に着替えてくるんだ」

フィデリオがトラックを売った？　病床にある老人には無用の長物ということなの？　でも、大きな牧場であるなら一台や二台の車があってしかるべきでは？　そうは思っても、牧場経営に関してはまったくの素人なので情況を推測する以外にない。とにかく、目の前にいるホアキン・デル・カスティーリョにとっての交通手段は車ではなく馬であり、ここペテン地方には、十分な舗装道路すらないということはたしかな事実だった。

ルーシーは震え、大きく息を吸った。生まれてから一度も馬に乗ったことはない。「でも私、乗馬の経験はないから……」

彼は黒い綿のカントリーシャツを着たたくましい肩をそびやかした。それだけの仕草が、彼の肉体の強靭《きょうじん》さを、人の上に立つ者の優越性を、場違いな服装をした都会の女へのいら立ちを雄弁に伝えている。彼はテンガロン・ハットを押し上げて無遠慮にルーシーを見まわし、そのとき初めてまぶしい陽光が精悍《せいかん》な男の風貌《ふうぼう》をくっきり照らし出した。ルーシーは息を止め、彼を見つめる。夢のなかでさえこれほどハンサムな男性に会ったことはなかった。

ブロンズ色に日焼けした端整な顔立ち。鮮やかなグリーンの瞳を取り囲む長いまつげ。すっと通った鼻筋に二分された高く誇らしげな頬骨。まなざしには烈《はげ》しさがあり、わずかにかしいだ唇が表情に生気を与えている。ゴージャスとはこの男のためにできた言葉かもしれないとさえ思う。

目と目が合い、細かな震えがルーシーを貫いた。胸の鼓動は一瞬停止し、それから雷鳴のようにとどろきわたる。翡翠《ひすい》のグリーン……燃えさかる炎のグリーン……支離滅裂な思いが錯綜《さくそう》する。しかし心のある部分で、いま経験しているすべてのことは正常とはほど遠い狂気だという気がしていた。思考を忘れてただ驚嘆し、のみで刻んだようなクールな面差しを見つめるうちに肉体の奥に焼けつくような痛みを覚え、ルーシーは思わず目をまたたいた。ほぼ同時に彼も目をそらす。

突然、自分が何をしているのかに気づいてルーシーは顔を赤らめた。スーツケースから必要なものを選び出さなければならないのに、映画スターに夢中の少女みたいに彼に見とれるなんてどうかしている。「馬には乗れないわ……」独り言のようにつぶやき、荷物の前にしゃがみ込んだ。

「この雌馬はおとなしいから大丈夫」彼のゆっくりとした口ぶりは意地悪くさえ聞こえた。

ルーシーは姉のデザイナーブランドの服をかきまわし、何度か派手な下着をつまみ上げては慌ててほかの衣類のあいだに押し込んだ。ホアキンは場を外すでもなく、ただ立って見下ろしている。容姿はスター並みでもマナーは最低。家畜と草原に囲まれた辺鄙《へんぴ》な土地で生まれ育ったものだから、紳士のマナーを学ぶ機会もなかったということ？　心のなかで彼を愚弄《ぐろう》し、スーツケースからペールブルーのサイクリングパンツと刺繍《ししゅう》入りのゆったりしたブラウスを引っ張り出した。好みではないが、シンディが選んだ服のうちでカジュアルといえるのはこれくらいしかなかった。

「こんなところじゃ着替えられないわ」ルーシーは服を持って立ち上がり、辺りを見まわした。

「恥ずかしい？　マリオが死んで二カ月もしないうちに男性雑誌の見開きページにヌードで登場したきみが？」

ルーシーは悔しさに唇をかみ、一瞬目を閉じた。別々に暮らしてきた歳月、姉がどんな生き方をしてきたのかほとんど何も知らないと言っていい。それなのに、この男は幼なじみの妻だった女性の過去を暴き、攻撃するのを楽しんでいるかのようだ。それにしてもなぜ彼はそこまで詳しく知っているのだろう？　シンディはロサンゼルスのバーでマリオと知り合い、その夜にはベッドをともにしたとホアキンは言った。メイクアップ・アーティストになる前、シンディはほんとうにヌードモデルをしていたのかしら？

でも昔と違い、いまはカメラの前で脱ぐのはとくに恥ずかしいことではない。一流の女優だって美しい肉体を誇りにし、惜し気なく人目にさらす時代なのだ。蛇に邪念を吹き込まれるまでは、アダムとイヴも一糸まとわぬ姿で恥じることはなかった。人里離れた僻地《へきち》に住む粗野なカウボーイに偉そうなことを言われたくはない。

「必要なとき以外は話しかけないでと言ったでしょう？」勤めていた図書館で行儀の悪い子どもをたしなめるとき、よくこんな言い方をしたものだ。

ルーシーは酒場の陰で靴とストッキングを脱ぎ、スカートをはいたままぴったりしたサイクリングパンツを引き上げた。脱いだ服を持ってもとの場所に戻ったとき、アップにまとめた髪はほつれて波打ち、首から胸へと汗が滴り落ちていた。姉はブロンドに染めたロングヘアにストレートパーマを当てて背中に垂らしているが、身代わりになるとしてもそこまで似せるつもりはない。

ホアキンは店の裏から出てきたルーシーに張りつくような視線をはわせた。異性にこんな目つきで見つめられたことはない。シンディは男性の注目を浴びることに慣れていたし、服もそのために選んでいた。サイクリングパンツは腰と太腿のラインを隠さず、刺繍入りのブラウスも胸元が深くくれている。しかしルーシーには姉ほどの度胸も自信もなく、異国のカウボーイのさげすみとも称賛ともつかぬまなざしに困惑して頬を染めた。

いつ果てるともない沈黙が流れる。かつて肉体の存在をこれほど強く意識したことがあっただろうか？　胸は重みを増し、浅い息づかいとともに上下に揺れる。彼はただ見つめ、そして私は……私は？　思考回路がつながらない。

次の瞬間、ホアキン・デル・カスティーリョは密に生えたまつげで翡翠色の瞳を隠した。異様な胸の高鳴りに、せわしない呼吸に、時の流れから取り残されたような不思議な感覚に戸惑い、ルーシーもまた目を伏せる。そのとき初めてスーツケースが消えていることに気づいて眉をひそめた。「荷物は？」

ホアキンは無言でルーシーに近づくと、ブラウスの上に粗織りのウールのポンチョを着せかけ、汗まみれの髪にひしゃげた麦藁帽《むぎわら》をのせた。

「こんなのいらないわ！」ルーシーはいやな顔をしてちくちくする布を引っ張った。

「紫外線を侮ると肌が炎症を起こして大変なことになる。それでもいいのか？」

「答えて！　私の荷物はどこなの？」ルーシーは繰り返した。

「適当に詰めて店に預けた。これ以上時間を無駄にしたくないからね」

「私のものを勝手にいじったのね？」シンディ好みのパンティやらブラやらを見られたと思うとぞっとする。

「出発だ」ホアキンはもどかしげに言い、横木につないである二頭の馬へと歩き出した。なぜかそのとき店のなかからテンガロン・ハットの男たちが現れ、興味津々といった様子で二人を見物し始めた。

「手綱を持って、左足を鐙《あぶみ》にかけたら一気に鞍《くら》にまたがるんだ」ホアキンはてきぱき指示をした。

背後に男たちの忍び笑いが聞こえ、ルーシーは悔しさに歯を食いしばった。言われたとおり左の足を鐙にかけ、鞍にまたがろうと右足を高く上げた瞬間、栗《くり》毛の雌馬が思わぬ動きをし、バランスを失ってお尻から地面に転がり落ちた。足踏みをする馬に蹴《け》られまいと慌てて地べたをはって後ろにさがる。

ホアキンは日焼けした優美な手を伸ばして造作なくルーシーを立たせた。「馬は苦手らしいが、お手伝いしましょうか、セニョーラ？」

わざとらしい猫なで声のなかに嘲りを感じ取り、ルーシーは怒りに任せて彼の手を振りほどいた。「馬がじっとしていればちゃんと乗れたのよ。あなたに手伝ってもらうくらいなら死んだほうがまし！　邪魔だからそこをどいて。あなたはお仲間と一緒に好きなだけ私を笑いものにすればいいんだわ」

ホアキンの形よい頬骨が赤らみ、表情豊かな唇は鋳型でかたどった鋼のように引き締まる。「お好きなように。だがきみが怪我《けが》するところは見たくない」

「そこをどいて！」頭の隅にわずかに残った冷静な部分が、いきり立って悪態をつく自分を信じられずにいた。

手綱を持ち直し、思いきり高く脚を上げ、次の瞬間恐ろしく高い位置から地面を見下ろしていた。華奢《きゃしゃ》な肩をいからせ、右足を反対側の鐙に入れようと探る。けれどその必要はなかった。彼は大きな手でルーシーのかかとをつかみ、爪先を素早く鐙に滑り込ませた。いまさら親切にされてもうれしくないが、ルーシーは少なくとも彼より礼儀を知っていることを示すために小さな声でお礼を言った。

「怖がることはない」ホアキンは冷たい無表情を崩さない。「チーカには引き綱をつけてこっちの馬につなぐから」

ルーシーは眉間《みけん》を寄せて彼を見つめた。家来の無礼を大目に見る冷徹な貴族のような言い方だ。でもまさか、筋肉で武装した荒野のカウボーイが貴族であろうはずはない。

ルーシーは生まれて初めて声を荒らげた自分に驚く一方で、少々誇らしくもあった。いまや遠巻きに見守る男たちの顔からも笑いが消えている。そのときまた雌馬がじれたように足踏みし、ルーシーはおびえて身を固くした。「ホアキン……また馬が動いたわ」

「力を抜いて。乗り手が緊張していると馬も不安になるんだ」

「地面から三メートルも高いところで緊張するなと言われても無理よ」もはや強がりを言ってはいられない。

「大丈夫」ホアキンはゆっくり両手を広げ、後ろにさがった。「チーカは絶対に人を振り落とさないから」彼は引き綱を持ち、蹄《ひづめ》で地面を掻《か》いている巨大な黒馬に栗毛の雌馬をつないだ。

「その馬、気があらそうね。あなたを乗せたまま急に走り出したりしない？」

「その心配はない、セニョーラ。ぼくの馬は至極従順だ」

たとえ危険な馬でも彼はそのことを認めはしないだろう。ホアキン・デル・カスティーリョはこれまで会ったことのないタイプの男性だった。鍛え上げた肉体を誇り、どんな形であれ弱さというものを忌み嫌う男。そして彼はルーシーを――つまりシンディの身代わりであるルーシーを――軽蔑していた。

それにしても、ホアキン・デル・カスティーリョはなぜこれほどまでに敵意をむき出しにするのかしら？　しぶしぶではあっても、結局は彼の要求どおりフィデリオ・パエズに会いに来たのに。彼は私がシンディの双子の妹だということを知らないが、その事実をありがたく思うべきなのだ。もし姉がこんな扱いを受けたらいまごろグァテマラ・シティの空港に引き返していただろう。シンディは短気で激しやすく、文明の利器を十分に利用した快適な旅しか容認しない。そのうえ男性にちやほやされるのに慣れているから、自分より十一分遅く生まれた妹が受けたような侮辱を決して我慢しないはずだ。

グァテマラに着いたらきっとお姫さまみたいに大事にされるわ、とシンディは言った。

手紙の文面から察するかぎり、フィデリオ・パエズは女性を大切にする昔気質《かたぎ》の紳士だった。でも残念ながら、彼の隣人と称するホアキン・デル・カスティーリョはフィデリオの息子ほどの年齢で、ラテン社会特有の騎士道精神などかけらも持ち合わせてはいないようだ。それなのに男尊女卑の文化だけは身に染みついているのか、シンディがマリオと会ったその晩にベッドをともにしたというだけで彼女をふしだらな女と決めつけた。一目ぼれという恋の形があることを知らないのかしら？　愛と情熱の波にのまれた若い二人を責める権利が彼にあるというのか？

「フィデリオはいかが？」これまでほかのことに気を取られ、ここに来た目的を思い出す余裕がなかった。

「ようやく彼のことを思い出した？」ホアキンは皮肉なまなざしで彼女を見る。「いまのところまずまずだ」あいまいに答え、慣れた仕草で黒馬にまたがってそれ以上の質問を封じた。

二頭の馬は小さな集落をあとにし、不毛の平原をゆっくり進み始めた。しかし何分もしないうちに馬の並足は速歩に変わり、固い鞍の上でお尻が跳ねてルーシーは悲鳴をあげた。

「もっとゆっくり行って！」

ホアキンは手綱を引いて振り向いた。「どうかした？」

「落馬して脚を折ったらフィデリオの看病もできなくなるわ」

「急がないともうすぐ暗くなる――」

「よかった」馬から立ちのぼる熱気と分厚いポンチョに包まれて生きたまま蒸し焼きにされているような気分だ。「日が落ちれば少しは涼しくなるでしょう?」

「この乗りものがお気に召さないようで残念だ、セニョーラ」

「ルーシーでいいわ。そんな堅苦しい呼び方はマナーも知らないあなたにはそぐわないから」

ホアキンはこめかみをぴくりとさせ、目の前で一瞬静止した。「ルーシー? きみの名はシンディじゃなかった?」

「シンディは学生時代の呼び名なの」うっかり口を滑らせたことにひやりとして、とっさに話をでっち上げた。「大人になってからはほとんどの人がルーシーと呼ぶわ」両親が双子の姉をルシンダ、妹をルシールと命名したのは幸いだった。

「ルシンダ」ホアキンは確認するようにゆっくり発音し、膝を絞って馬の脇腹《わきばら》を締めつけた。

ルーシーはひび割れた草原を進む馬の背から落ちないようにするだけで精いっぱいだった。不気味なほど何もない。あるのは高い空と乾いた大地、鋭い矢尻のように照りつける太陽ばかりだ。建物も、人影も、家畜の姿すら視野に入らない。傾斜地によじれた椰子《やし》の木が二本見えてきたときは帽子を上げてあいさつしたいくらいだったが、そのエネルギーさえ残っていなかった。時間の観念は失われ、ポンチョを揺すり上げるとか、腕を上げて時計を見るとか、そんなささいな動作すら大儀だった。

「喉が……渇いたわ」喉も唇もからからでしゃがれた声しか出てこない。

「水筒はそこだ」ホアキンは振り返って鞍を指さした。「だが飲みすぎるとかえって具合が悪くなる」

「取ってくださる？　下を見るとめまいがするの」

ホアキンは馬をまわし、身をかがめて手を伸ばすといとも簡単に鞍から水筒を外した。

ルーシーはそれを受け取り、生ぬるい水をひりつく喉に流し込んだ。

「それくらいにしておいたほうがいい」ホアキンはすぐに止めた。

水筒を返し、口をぬぐうと、ルーシーは瀕死の白鳥みたいに力なく馬のたてがみに身を伏せた。

ホアキンはスペイン語で何か言い、いきなり馬から飛び降りて彼女の腰をつかんだ。

「手綱を放して！」

ルーシーはこわばった指を開いた。次の瞬間体が浮いてたくましい男の腕のなかに抱かれていた。「どうして――？」

ホアキンは何も言わずに黒馬の鞍に彼女を押し上げ、自分もその後ろにまたがった。

ルーシーは男の体温と太腿の固い筋肉を背中に感じてぎくりとする。しかし彼は荷物でも抱えるように無造作に彼女を引き寄せた。

「落馬したくなければじっとして」

触れ合う肉体のぬくもりと野性の匂《にお》いがルーシーの五感に襲いかかる。ただでさえ乾いた口がさらに乾き、下腹部の中心を奇妙なうずきが貫いた。神経がぴりぴりしてなんとも居心地が悪いけれど、少なくともこうしていれば馬から落ちる心配はなさそうだ。徐々に緊張が引いていき、代わりに温かい潮が押し寄せてきて肉体の隅々に満ちわたった。胸の先端が固くなり、体はかたむきかけた太陽とは無縁の炎に焦がされて熱く火照る。そしてふと、理性とは遠い女の本能がラテンの男の強烈なセックスアピールに過剰反応していることに気づいて震え上がった。ぎこちなく身じろぎし、彼から離れようとした。

「力を抜いて……」ホアキンは耳元でささやき、バストの少し下に添えた手の指を大きく広げて再び彼女を引き寄せた。

「痛いわ」平静でいられない自分が腹立たしい。「そんなにきつく抱かないで」

「心配ご無用」頭のすぐ上からホアキンの深い声がした。「髪を染めてにせの日焼けをした発育不全のシティガールに興味はないから」

「ほんとうに不愉快な人」喉元に怒りが膨れ上がって息が詰まる。「フィデリオの牧場に着くまでは我慢するけれど、そのあとは……牧場まであとどれくらいかかるの？」

「明日には着くだろう」

「明日？」驚いてきき返した。

「あと一時間ほどしたらキャンプを張って一夜を過ごす」

キャンプ？　つまり戸外で夜を明かすということ？「すぐに着くと思っていたのに」

ルーシーは惨めな気分でつぶやいた。「牧場がそんなに遠いとは知らなかったわ」

二人は無言で馬に揺られた。ほどなく太陽は赤い火の玉となって地平線に触れ、そのころにはルーシーは疲労の極を超えてうとうと眠りかけていた。再び馬から抱き降ろされ、固い地面に立ちはしたが、全身の筋肉と関節がきしんでふらっとよろけた。夕暮れの空を背景に椰子の木が三本、エキゾティックな影絵のように浮かび上がって見える。どこかで見たことがある景色……でも、何時間も前に見た椰子の木がいまここにあるはずはない。それに、傍らを流れる小川を見るのは初めてだった。

一歩ごとに自分の虚弱さを思い知らされる。母を看病しているあいだにルーシー自身もだいぶ痩《や》せてしまったし、先月はひどいインフルエンザにかかって体力を消耗した。そんな状態でまるまる二日の旅に耐えただけでも奇跡的なのに、目指す牧場はまだ遠いという。

地図で見るかぎり、グァテマラの低地はこれほど広大でもなければこれほど殺伐としてもいなかった。住み慣れた都会と平凡な日常から隔てられ、羅針盤を失った旅人のような心細さを感じる。シンディは世界を周遊しているが、ルーシーにとっては今回が初めての海外旅行だった。病気がちの母は一人になるのを嫌い、娘が自由に旅することを許さなかった。

ルーシーは川辺で馬の世話をしているホアキンをぼんやり見つめた。脚が震え、それ以上立っていられなくなって草地にへたり込む。

「おなかがすいたかい?」ホアキンはたずね、傍らに毛布を落とした。

ルーシーは黙って首を横に振った。疲労のあまり空腹さえ感じない。電池切れの玩具《がんぐ》のように、そろそろと草の上に体を横たえた。「眠いわ……」

意外にもホアキンは毛布を振り広げ、ルーシーを軽々と抱き上げてその上に寝かせた。

「おやすみ、セニョーラ」彼はゆっくりと言った。

ホアキン・デル・カスティーリョ……矛盾をはらんだ魅惑的な男……ルーシーはまどろみのなかで考えた。彼は誇り高く、燃える敵意をうちに秘めながら氷のように冷静で、しかも無意味に人を苦しめるのを潔しとしない。

沈みゆく夕日を背に、ホアキンは巨大な黒い影のようにそそり立っている。「まるで悪魔みたい」ルーシーは眠たげにつぶやいた。

「だがきみの魂までは奪わない。それ以外のすべてを奪い取るとしても……」

しかしその言葉はすでに意味を失っていた。うつろな頭のなかで、それはつじつまの合わない、無意味な音の連なりにすぎなかった。ルーシーは安らいだ吐息をもらし、夢ひとつ見ない深い眠りに引き込まれていった。

2

ルーシーはゆっくりまぶたを上げた。

小さな炎がぱちぱちはぜ、夜空にオレンジ色の火の粉を散らしている。目を覚ましたのも道理だわ。ひどく蒸し暑いのにすぐそばで焚火《たきび》が燃えているのだから。火から遠のき、躍る炎の向こうに浮かび上がる大きなシルエットに焦点を合わせた。

男の視線を意識して乱れたカーリーヘアを指でかき上げ、暗闇《くらやみ》のどこかから聞こえてきた不気味な咆哮《ほうこう》にぞっとして跳ね起きた。

「あれは……?」おびえて振り返り、背後の闇に目を凝らす。

「ジャガー。彼らは夜に徘徊《はいかい》して狩りをする」

ルーシーはぶるっと震えて再び焚火に近づき、彼が差し出したブリキのコーヒーマグを受け取った。砂糖もクリームもなしのブラックだが、いまはその苦みさえありがたいと思う。「フィデリオの牧場には明日の何時ごろ到着するの?」

「朝のうちに」彼は荒削りな美貌《びぼう》を一瞬硬くした。ちらちら揺れる焚火の光を受けて、凛々《りり》しい頬に扇形の影を落とす漆黒のまつげもまた揺れている。

「私が馬に乗れたら、今夜のうちに目的地に着いていたんでしょうね」足手まといになったことで気がとがめ、ルーシーは自ら和解を望んで言った。いかに邪険に扱われようが、老いた隣人のために自腹を切って航空券を送ってよこした寛大さを忘れるわけにはいかない。それほど裕福そうには見えないが、気風のよさは人一倍ということか。フィデリオ・パエズが心優しき隣人に恵まれたのはたしからしい。この傲慢《ごうまん》なグァテマラ人は好きになれないし、体の節々は慣れない旅に疲れ果てて悲鳴をあげている。しかしそれでも、病床にいる義理の父を見舞うようにとシンディを説得した彼の心情は理解できた。

彼はしなやかな筋肉に包まれた肩をすくめ、適当にちぎったパンとチーズ、見たこともない果物がのった皿を差し出した。

ルーシーは自分でも驚くほどの食欲でそのすべてを平らげ、コーヒーを飲み干すと、そのあとに続いた沈黙に耐えきれずに口を開いた。「よかったらフィデリオのことを話してくださる?」心もとない笑みを作って水を向けた。「いまどんな様子か……」

「もうすぐ会えるのだから自分の目で確かめればいい」

冷淡なまなざしに敵意が燃え、つやのある低い声にさげすみが響くのはなぜだろう?

ルーシーは本能的に危険を感じ取った小動物のようにおののいた。でもすぐに、ただわけもなく怖《お》じ気づいているだけだと、男という種族に不信感を抱く母に育てられたせいで過剰に反応しているだけだと自分に言い聞かせた。

姉妹が七歳のころ、父は若い女性に熱を上げて妻に離婚を要求した。父が出ていくと、父親になついていたシンディはやたら反抗的になり、そんな娘に手を焼いた母は姉妹を一人で育てなければならないのは不公平だと言い出した。そして話し合いの末、ピーター・ファビアンとジーン・ファビアンは財産分けでもするように双子の娘を分け合った。

その後シンディは父が新しい仕事を始めたスコットランドに移り住んだので、姉妹がいつでも行き来できるようにするという離婚時の約束事は結果として反古《ほご》にされた。一方、若くてきれいな女性と再婚した夫を恨むあまり、母は手元に残したルーシーに異常なまでに執着した。離婚後一度だけ男性と交際したことがあったがまたもや裏切られ、その屈辱的な経験は母の異性への憎悪を決定的なものにしたようだ。そういうわけで、ルーシーの思春期は母の偏見に毒され、友だちと気軽に出かけるなどほとんど不可能だった。

母が健康を害してからは友だちづき合いはもちろん、外で働くことすらあきらめてきた。たまに外出しようとすると、母は涙ながらに娘の身勝手を責め、そんなに薄情にされるなら死んだほうがましだと自殺さえほのめかした。

それでも、父に引き取られたシンディと比べればはるかに恵まれていたと言わなければならない。少なくとも母はルーシーを愛し、大切に育ててくれた。しかし新しい仕事に失敗し、若い妻にも逃げられたピーター・ファビアンは借金地獄に陥り、酒に溺《おぼ》れて娘を放置した。ほかのことはともかく、子ども時代の苦い経験に関しては、シンディはすべてを率直に話してくれた。姉の話を聞き、母の庇護《ひご》のもとで当たり前のように平和に暮らしてきたことを後ろめたく思ったものだ。

ルーシーは再び横たわって毛布を引き寄せ、星のまたたく夜空を見上げた。ホアキン・デル・カスティーリョのむき出しの敵意にさらされるのもあと数時間。いずれにしてもここに来たのはフィデリオ・パエズに会うためなのだから、彼の隣人にどう思われようが気にする必要はない。見知らぬ異国におびえるのではなく、めったにできないこの経験を可能なかぎり楽しもうと心に決めた。

夜が明け、起き上がろうとして、ルーシーは体の痛みにたじろいだ。筋肉がこわばり、熟睡したとはいえ固い地面で寝たせいで手足の関節が思うように動かない。やっとのことで立ち上がり、渡された少量の水と洗面道具を受け取って椰子《やし》の木陰で身じまいをした。まともに歩くことさえできない。気分は最悪で、早朝の寒さにがたがた震えながら消えかけた焚火のそばに戻り、命じられたわけでもないのに借りものの古いポンチョを頭からかぶった。

ホアキンは火に手をかざすルーシーにブラックコーヒーとパンとチーズを渡し、彼自身は立ったまま素早く朝食をすませた。

全身の痛みに歯を食いしばり、ホアキンに助けられて再びチーカにまたがった。あと少しの辛抱と自分を励ましはしたものの、何分もしないうちに馬の背に揺られるのが拷問にも等しい苦痛になっていく。

いきなり馬が歩みを止め、ルーシーは猛烈な頭痛に顔を上げることもできぬまま、なぜこんなところで止まるのかと彼にたずねた。

ホアキンは答えず、先に馬を降りてチーカの背からルーシーを抱き降ろした。がっしりした胸板と柔らかな膨らみが触れ合い、太陽に温められた男の匂《にお》いが鼻孔をかすめる。その瞬間胸の先端がぴんと固く張り、ルーシーは困惑して頬を染めた。

ホアキンは無言のまま彼女の肩をつかみ、ゆっくり後ろを振り向かせる。

「ここはどこ?」すみれ色の瞳を不安に陰らせ、数メートル先にあるスタッコ壁のあばら屋を見つめた。朽ちかけた納屋、壊れてかたむいた柵《さく》……周囲のすべてが荒廃した雰囲気を強調している。

「フィデリオの牧場だ、セニョーラ」ホアキンは漆黒の瞳をきらっと光らせ、驚愕《きょうがく》を隠せないルーシーの表情を探った。「パエズ牧場にようこそ」

「ここが……フィデリオの牧場なの?」驚いて目の前のみすぼらしい小屋を見つめた。

「もっと立派な邸宅を想像していた?」

ルーシーは鋭く心を見透かされて恥じ入った。でも考えてみれば、息子亡きあとフィデリオは一人で病床にあり、過去五年のあいだに生活が激変したとしても不思議ではない。いま初めて、ホアキンがフィデリオに代わって航空券を送ってよこした理由がはっきりした。彼は荒れ果てた牧場で孤独な日々を送る老人に同情し、経済的余裕がないのを承知のうえで、ただ一人の身内であるシンディ・パエズをロンドンから呼び寄せようとしたのだ。

「粗末な家を見てさぞかしがっかりしたことだろう。瀕死《ひんし》の病人につき添えばなんらかの得になると思わなかったら、きみはわざわざこんなところまで来る気にはならなかったはずだ」ホアキンは冷たく言い放った。

「なんの話かわからないわ」ルーシーは目をまたたき、尊大で不機嫌きわまりない連れを見上げた。彼は死刑執行人のようにそそり立ち、その高圧的な態度にひるんで彼女は何歩か後ろに退いた。「早くなかに入ってフィデリオに会わせて――」

ホアキンは荒涼たる声でせせら笑う。「フィデリオはここにはいない」

「いない？」ルーシーはわけがわからずに眉をひそめた。「入院しているということ？」

「具合が悪ければ入院するだろうが、フィデリオは病気じゃない。幸いなことに」

突然納屋の陰から背の低い痩《や》せた男が現れ、ルーシーはさらに面食らった。「あの人は？」

「マテオ。うちの使用人だ」

二人の男はしばらくスペイン語で意味不明な言葉を交わし、そのあとマテオは客のほうをちらりとも見ずに再び納屋の陰に消えた。

ホアキンはスタッコ壁の粗末な家に近づき、傷だらけのドアを大きく開けた。「フィデリオが重病だと言ったのは嘘《うそ》だ。いま彼はほかの牧場で働いていて、きみがグァテマラにいることすら知らない」

「それは……どういうこと？」

「ショックだろうね」ホアキンはルーシーの肩をつかみ、古い家具がいくつかあるきりの薄暗い部屋に押し込んでドアを閉めた。長いあいだだれも住んでいなかったらしく、家具の上にはほこりが積もっている。「だれにも知られずに老人からうまく金をせしめたと思っているんだろう。今度もまた同じ手を使うつもりならあきらめたほうがいい」

「なんの話かわからないわ！」

「だったらよく聞くんだ」ホアキンは不気味なほど静かに言った。「ぼくは自分だけの意思できみをここに連れてきた。そして、ぼくが解放する気になるまできみにはここにいてもらう」

不安に青ざめ、めまいを覚えて、ルーシーは倒れ込むように古びた木の椅子に座った。「フィデリオはここにいないし、病気でもない……」声を震わせ、確かめるように繰り返した。「それなのに私をここに……いったいどういうこと？」ずきずきするこめかみに手を当てた。「きっとあなたの言うことを聞き違えたのね」

「聞き違えてはいない」ホアキンは苦々しく顔をゆがめた。「もちろんきみは黄金のがちょうがもう卵を産まなくなったという事実を認めたくないはずだ。金を無心する哀れっぽい手紙を読んでフィデリオはきみのためにできるかぎりのことをした。だがぼくの目はごまかせない」

「お金の無心?」

焼けつくようなさげすみの目でルーシーを見すえ、ホアキンは暖炉の上の木箱を手に取った。蓋《ふた》を開け、傍らの座りの悪いテーブルにそれを置く。「これはきみから届いた手紙だ。内容はどれも似たり寄ったり。仕事がなく生活が苦しいのでぜひともお金を送ってほしい云々《うんぬん》……」

ルーシーは悪夢のなかにいるような気分でエアメールの封筒をつまみ、明らかに姉の筆跡とわかるペン書きの宛名《あてな》を見やった。みぞおちがむかつき、熱いものにでもさわったようにすぐさまそれを木箱に戻した。仕事がない? 生活が苦しい? 都会で優雅に暮らしているシンディが? 十九歳のときに父親の多額の保険金を相続したシンディが? 明日という日がないかのように浪費し、いつも最高のものしか買わないシンディが?

「しかし実際には、きみは貧困とはほど遠い贅沢《ぜいたく》な暮らしを続けてきた」

「なぜあなたがそんなことを知っているの?」底知れぬ衝撃を受け、なんとか話の筋道を理解しようと彼を見つめた。

「調査したんだ。きみはロンドンの港近くの再開発地域に高級フラットを所有し、年に何度か海外旅行に出かけ、フィデリオの金で贅沢三昧《ざんまい》に暮らしてきた。疑うことを知らない昔気質《かたぎ》の老人のプライドと同情心をうまく利用して、彼が生涯かけて蓄えた全財産をたった五年でかすめ取った」

否定したくても言葉が出てこない。少しずつ、ルーシーにも事情がわかりかけてきた。

「息子の嫁だった女にすべてを巻き上げられて、フィデリオは事実上破産した。ここは彼の平和な終《つい》の住み処《か》になるはずだったんだ」ホアキンは燃えるような目で非難の矢を放った。「きみが彼のポケットに手を突っ込む前はこの家を改築する資金が十分あったし、生涯勤勉に働いてきたあとの快適な老後も約束されていた。でもいまは悠々自適どころか、日々の生活のために働かなければならなくなった」

「フィデリオは裕福だとばかり――」

「牧童頭がどうしてそれほど裕福になれると思うんだ?」ホアキンは厳しくたたみかけた。

「牧童頭? それは……知らなかったわ」目に涙をためて口ごもった。

ホアキンは長身をしなやかに折って両手で椅子の肘をつかみ、鮮烈なグリーンの瞳に威嚇をたたえて間近から彼女を見つめた。「ぼくを侮らないほうがいい。辛抱強いほうではないんでね。きみのしたことははっきりしていて誤解の余地はない。ここから簡単に逃げ出せると思っているならとんでもない考え違いだ」

「閉じ込める気？」追いつめられ、罠《わな》にかかったようで身動きもできない。

「私を脅してどうしようというの？」

「フィデリオからくすね取った金を全額返すという念書にサインするまでここから出すわけにはいかない。ただ、どんな形であれ、暴力は振るわないと約束しよう。きみのようなつまらない女のためにこの手を汚したいとは思わない」

「そんな約束を信じろというの？」彼から少しでも遠ざかろうと身を引く一方で、これまで見たこともないほど美しいグリーンの瞳から目をそらすことができない。

「ぼくが女に暴力を振るうとでも？」すさまじい憤怒《ふんぬ》がその声を険しくしている。「デル・カスティーリョの子孫であるこのぼくがそんな恥ずべきことをするとでも？」

緊張のあまり口が乾き、ルーシーは何も言えずにただ彼を見つめた。高貴な翡翠《ひすい》を思わせる目がすみれ色の瞳をがっちりととらえて放さない。荒野を旅するあいだ彼がこれほどの怒りを抑えてきたのであれば、二人のあいだにまともな会話が成り立たなかったのもうなずける。胸のうちに猛《たけ》る激烈な感情を押し隠すには相当な忍耐力が必要だったに違いない。

日焼けした彫りの深い顔を鉄の仮面のようにこわばらせ、ホアキンは椅子の肘を放して体を起こした。「きみの身の安全は外にいるマテオが保証する。万一ここから脱出できたとしても、広大無辺な乾燥地帯はこの国を知らない旅行者にとって非常に危険で過酷だ」

「いくら脅しても無駄よ。私を監禁できるなんて思わないで」

ホアキンはテーブルから折りたたんだ書類を取って差し出した。「これにサインすればすぐにでも解放しよう。だがサインしなければいつまでもここにいてもらうことになる」

ルーシーはひったくるようにそれを取り、英語で書かれた書類に目を落とした。堅苦しい法律用語がちりばめられた難解な文章を読み進み、シンディが受け取ったとされる金額が記された行に目を留めて肝をつぶした。この内容を信じるなら、シンディは過去五年のあいだに義理の父から相当額の送金を受けたことになる。これはその全額を即金でフィデリオ・パエズに返済すると約束する念書だった。

ルーシーの額に玉の汗が浮かんだ。この威圧的な男が信じようが信じまいが、そこには大きな誤解があった。シンディはマリオの父親が裕福だと信じ込んでいた。さもなければお金を無心する手紙など書くはずはない。

じきに七十に手が届くフィデリオが牧童頭の賃金のなかからこれほどのお金をためたとすると、若いうちから勤勉につましく暮らしてきたのだろう。でもいまはそのすべてが消え、老後の安泰も失われた。いったいどうやってこれほどの大金を返済したらいいのか？

シンディが母のために買った病院近くの小さなフラットは目下売りに出されている。でもそれがこちらの言い値で売れたとしても必要な額の半分くらいにしかならないだろう。シンディがいま住んでいる高級フラットは賃貸ではなく買い取ったものなのかしら？　十九歳のときに姉が相続した父の保険金が少しでも銀行口座に残っていればいいのだが……。

シンディは笑いながら、病気の母と、母を看護する妹のためにフラットを買ったのは、手元のお金を使い果たさないための一種の投資なのだと冗談を言った。〝私って手のつけられない浪費家だから、お金があるとぱっと遣っちゃうの。でも、自分で自分にごほうびをあげてもいいでしょう?〟弁解口調で続けた。〝ブランド好きとでもいうのかしら。ロジャーは一応文句は言うけれど、いつも大目に見てくれる。私がパパとどんな惨めな暮らしをしてきたか、たとえ説明してもロジャーにはわかりっこないわ。彼のお父さんはあり金残らずお酒につぎ込むような人じゃなかったから、洋服はおろか、毎日の食事にも事欠く生活がどんなものか、理解しろっていうほうが無理だもの〟

あのとき姉の打ち明け話に衝撃を受け、姉妹でありながら自分だけが愛情深い母に守られてきたという事実を後ろめたく思ったものだ。アルコール中毒の父に裏切られ、幼いころから極貧に耐えてきた姉の苦しみを理解せず、派手な浪費癖の根っこにあるトラウマに思い至らなかったという点では、ロジャーばかりかルーシーもまた責めを負っている。

「それにサインをする気になったかな、セニョーラ」ホアキンは書類に目をやった。

自分はシンディではないと口にしかけて思いとどまった。まだその時ではない。彼はシンディを老人の財産をだましとった心ない詐欺師と思い込み、身辺調査をしたうえでくすね取られた全額を返済させるべく周到なプランを練って実行に移した。それほど執念深い男に不用意に自分のほんとうの身分を明かせばどれほどの怒りをぶつけられるかわかったものではない。いま向き合っている男がたやすくあしらえる相手ではないことは明白な事実だった。

おそらく、私が手にしているこの念書は一流法律事務所の一流弁護士によって書かれたものに違いない。ロンドンの探偵に姉の生活ぶりを徹底的に調べさせ、その道の専門家に完璧《かんぺき》な書類を作らせたとしたら、相当な費用がかかったはずだ。そういえば、ゆうべ彼がロレックスらしき時計をしているのに気づいたが、どうせ偽物だろうと高をくっていた。でもいまはそれほど確信はない。それに、きのう酒場にいた男たちはホアキンがだれかよく知っているようで、あの場にはそぐわないうやうやしい態度であいさつをしていた。

「あなたはだれなの?」

「ぼくがだれか知っているはずだ、セニョーラ」

「名前以外、あなたのことは何も知らないわ」

「それ以上知る必要はない」ホアキンはさげすみもあらわに質問を切り捨てた。「念書にサインするかしないか、問題はそれだけだ」

「脅されてサインするなんてまっぴらよ!」顎を上げ、精いっぱい虚勢を張った。

「そう」ホアキンはグリーンの瞳をきらりと光らせ、おびえて青ざめたルーシーの顔を無遠慮に眺めまわした。「だったら来週また来てみよう。それまでに考えが変わっているといいんだが」彼は言い、きびすを返して出ていこうとした。

「冗談はやめて」

「来週？」吐き気がするほど頭痛がひどくなってきた。

彼は優雅な身振りで振り向いた。「冗談どころか、本気も本気だ」

「来週まで私をここに閉じ込めておくつもり？　そんなことできるはずないわ」

「なぜ？」

「なぜって……私はここにいたくないし、あなたには私を監禁する権利などないからよ」

ルーシーは頭痛をこらえ、震える脚でなんとか立ち上がろうとした。「警察に訴えるわ！」

「どんな罪状で？」ホアキンは余裕たっぷりに嘲《あざわら》笑った。「ここはデル・カスティーリョの所有地でさえない。きみは自分の意思で義理の父親を訪ねてきてしばらくのあいだ滞在する。それだけの話だ」

何をわめこうが叫ぼうが事前に準備された理路整然たる答えが返ってくるばかりだ。

「でも、あなたがいなければサン・アンヘリータに戻れないわ！」

ホアキンはぞんざいに肩をすくめた。「同意書にサインしないかぎりきみはどこにも帰れない。ところで」ドアのところで立ち止まり、ついでのように言い添えた。「マテオを買収しようとしても時間の無駄だ。彼は英語を解さないし、当然のことながらフィデリオをひどい目に遭わせたイギリスの女の子に好感を持っていないからね」

ルーシーはふらふらと立ち上がり、彼を追って戸口の外に出た。「サインはできないわ。そんなお金はどこにもないし……」不快な冷や汗がじっとり肌を濡《ぬ》らす。「話し合いましよう。解決法はほかにもあるはずよ」

ホアキンは振り向き、宝石のようにきらめく目を細めて彼女を見下ろした。

ルーシーは息を詰めた。灼熱《しゃくねつ》の太陽のように、この美しすぎる目が彼女を焦がす。突然下腹部のどこかで無数の蝶《ちょう》が乱舞し、高鳴る胸の鼓動が肋骨《ろっこつ》に響き……異様な血のざわめきにおののいてルーシーはしびれたようにただその場に立っていた。

「ほかの解決法？　きみの唯一の得意分野で勝負しようというわけか？」ホアキンは魅惑的な唇をさげすみにゆがめた。「セックスはきみの取り引き手段で、男と寝ることなどなんとも思っていない」

侮蔑《ぶべつ》的な言葉の攻撃にめまいを覚え、ルーシーは呆然《ぼうぜん》と彼を見上げた。

「いまにも倒れ臥《ふ》しそうなか弱い女……なかなかの演技力だ」ホアキンは頭をかしげた。降りそそぐ南国の日ざしが豊かに波打つ漆黒の髪をきらめかせる。「きみが欲得ずくで妻子ある男性二人とつき合っていた事実を知らなかったら、このぼくでさえたぶらかされていたかもしれない」

「よくもそんなひどいことを……」

「マリオをその気にさせるのは赤子の手をひねるより簡単だったに違いない」

いいえ。シンディは本気でマリオ・パエズを愛していた。だからこそ彼の死にあれほど打ちのめされたのだ。怒りに貫かれ、ルーシーは両手を振りかざし、猛然と彼に打ちかかった。しかしホアキンは敏捷《びんしょう》に身をかわし、前につんのめって転倒しかけた彼女のウエストをつかんで抱き上げた。

次の瞬間足が地面を離れて宙に浮き、ルーシーは腹立ちまぎれに手足をばたつかせた。けれど彼が両腕を伸ばしたままなので蹴飛《けと》ばそうにも足が届かない。「下ろして！　いますぐ下ろして！」

「かわいい人形ほどの小さな体にじゃじゃ馬魂が宿っているらしい」

「放して！」怒りに頬を燃やし、声をかぎりに罵倒《ばとう》した。「あなたみたいにばかでかければいいってもんじゃないわ！」

「ついに本性を現したね」長く黒いまつげに覆われた瞳から赤裸々な欲望が目に見えぬ波となって伝わってくる。「ベッドの上ではどんなに貪婪《どんらん》になることか。歯を立て、爪で引き裂き、むさぼり食い……」

言い返そうと口を開きかけたルーシーは言葉を失い、目をまたたいた。これまでこんなふうに言われたことはなく、怒りは新たな驚きに取って代わる。それがいかに実像とかけ離れていても、彼が描いてみせたセクシャルな彼女のイメージに侮辱されたというより魅了された。不用意に顔を上げ、子羊に襲いかかろうとするパンサーのようなまなざしと出くわして息をのんだ。

「いいえ……」

「ぼくが聞きたいのはノーではなく、イエスだ」ホアキンは絹をこするやすりのようにざらっとした声でささやき、彼女を抱き寄せた。

骨盤の奥深くに生まれて初めて感じるような甘美な痛みが走り、ルーシーは理性が働かぬまま首を横に振った。

「イエスと……」そり返った華奢《きゃしゃ》な背に手を当ててやわらかな胸の膨らみを固い胸板に引き寄せ、もう一方の手をウエストのくびれから丸いヒップに滑らせながら、彼は燃えるまなざしで彼女を見つめた。

生気にあふれた強靭《きょうじん》な筋肉の波動を全身に感じてルーシーは彼に寄り添い、身をしなわせた。心臓が、止まるのではないかと不安になるほど激しく乱れ打つ。そして彼女は、催眠術にかけられた者のように逆らいようもなく手を上げ、彫りの深い顔の高貴で滑らかな頬骨を指でなぞった。

ホアキンは頭を下げてその指を口でとらえ、黄金色の頬に長いまつげの影を落として優しく吸った。ルーシーははっとして彼を見上げ、小さくあえぐ。熱いストーブの上のアイスクリームさながら、肉体は鋭い官能の火にあぶられて溶けていくかのようだ。これほど峻烈《しゅんれつ》な感覚に揺さぶられたことはなく、彼女は完全に自制心を失っていた。

「イエス?」彼は頭を上げ、かすれた声で促した。

「イエス……」自分が何を言っているのか気づいてさえいない。

ホアキンは再び頭をかたむけ、わずかに開いた唇に唇を重ねた。ひそかに憧《あこが》れ、夢想したかもしれない。けれど現実にこれほど甘やかなキスを味わうことがあろうとは思ってもいなかった。ルーシーはいま、彼が肉体の内部に目覚めさせた荒々しい本能に完全に支配されていた。求めても求めても彼を十分にのみつくすことはできない……。

「ボッティチェリ描く天使の顔、狡猾《こうかつ》な計算高い頭脳、淫乱《いんらん》な娼婦《しょうふ》の色香……」ホアキンは顔を上げ、彼女を抱く腕を伸ばして体を離した。「かつて哀れなマリオがきみにねじ伏せられたように、いまここできみを奪うのも一興かもしれない。だがマリオと違って、ぼくにはきみの誘惑に屈しないだけの理性がある。それに、楽しみはあとに取っておくほど刺激的だとも言うしね」

ルーシーは呆然として震える息を吸った。細胞のひとつひとつが突然の喪失に異議を唱え、奪われたぬくもりを取り戻そうといまにも彼にしがみつくところだった。なぜホアキンの腕のなかでこれほど奔放な女に変身してしまうのか自分でもわからない。なんとか一人で立ちはしたが、猛烈な頭痛とめまいに顔をしかめてふらっとよろめいた。

「同情を引こうとしても無駄だ」

ルーシーはぼんやりホアキンを見やり、その目はおのずと欲望した男の徴《しるし》に引き寄せられた。脚に張りつくスリムなパンツをはいているから気づかないわけにはいかない。驚いてその部分を見つめ、彼が人差し指を口に含んだときに始まった巧みな誘惑のすべてを思い出した。突然、夢のようなキスだけで終わったことに果てしなく感謝する。あれ以上進んでいたらどうなっていたか、考えるだけで身がすくんだ。女は恋に恋するけれど、現実の男女の関係はそれほどロマンティックではないと母はよく言っていた。いまようやくその意味がわかった気がする。

「気分が悪いの」ルーシーはそれと気づかずによろけ、抱かれてもいないのになぜ肌がこんなに火照るのかといぶかった。

「仮病を使えば出ていけると思っているなら甘い」ホアキンは険しい顔をゆがめて冷笑した。「老体にむち打って働かなければならないフィデリオと同じ苦しみをきみにも味わってもらうつもりだ」

仮病どころか、先月インフルエンザにかかったときよりもっと苦しい。しびれるようなあのキスは夢だったのかしら？　きっとそう……ホアキンが私にキスするはずはない。

「男はけだもの」意識が遠のいていくのを頭のどこかで感じながらルーシーはうわごとのようにつぶやいた。「あなたがそのいい例よ。ママが言ったことは正しかった……」

「なんだって？」ホアキンは意味をつかみかねて眉をひそめた。

焦点の定まらぬ目を泳がせ、ルーシーは震える手で額の汗をぬぐうと同時に膝を折ってその場にくずおれた。黒い乗馬用のブーツが大きく視野に入り、ばかげた演技にはだまされないと言う男の声が聞こえ、大地が揺らいですべてが暗闇に包まれた。

3

ルーシーは意識を回復してわずかに体を動かした。試しに頭を揺すり、ひどい頭痛が引いているのを確かめてほっとする。しかし目を開けるより先にまぶたの裏に押し寄せてきた錯綜《さくそう》するイメージにたじろいだ。

気遣わしげに見下ろす翡翠《ひすい》色の瞳……子守歌のような優しいスペイン語のささやき……ホアキンが笑っている。笑う？　でもそれもつかの間。精悍《せいかん》な顔はすぐに表情を硬く閉ざし、彼女は冷たい孤独とともに取り残された。覚醒《かくせい》した頭によぎったシーンはあまりにも混乱し、支離滅裂だったので、ルーシーはすべてを忘れるべくもう一度頭を振った。

目を開け、インフルエンザをぶり返して高熱を出して以来横たわっていた大きなベッドと豪華な室内を見まわした。夢を見ているわけではないらしい。午後の陽光がつややかなアンティーク家具と壁にかかった繊細なタッチの水彩画を浮かび上がらせている。シーツを縁取る十五センチ幅のレースでさえ、王侯貴族が好む世界の一流品であるようだ。そのとき流星の勢いで記憶がよみがえってきてシーツをなでる手をぴたりと止めた。もしここがホアキン・デル・カスティーリョの屋敷なら、彼はすごいお金持ちということになる。

いったい彼は何者なの？

ルーシー自身そう望んだわけでもないのに、生まれてから二十二年のあいだ、一度も男性に言い寄られたことはなかった。そして運の悪いことに、二十二年目にたまたま出会ったハンサムでセクシーなグァテマラ人が指に官能的なキスをし、彼女の肉体に火をつけた。あの一瞬を思い出すだけで体が震え、下腹に妙な痛みが走るのはなぜだろう？

またもやホアキンのことを考えている自分を叱《しか》り、ルーシーは思い切って起き上がると改めて室内を見まわした。シンディに連絡したいけれど、電話はどこにも見当たらない。あきらめてベッドを下り、ふらつく脚でバスルームに向かった。

シャワーを浴びたあと、化粧気のない青白い顔と濡《ぬ》れて縮れたカラメルブロンドの髪を鏡に映してため息をついた。これじゃまるで十歳ぐらいの子どもみたいだ。でも、姉に借りてきたミントグリーンのナイティは普段着慣れたジャージーの寝巻きと違ってふんわり軽く、ルーシーの女らしい体の曲線を隠していない。

ざっと体を洗っただけなのにことのほか消耗し、ルーシーはゆっくりした足取りで部屋に戻った。しかしベッドに行き着く前に窓の外の景色に心奪われ、歩みを止めた。息をのみ、タッセルで縁取られた重厚なカーテンにつかまって目を閉じる。再び目を開けても、鬱蒼《うっそう》たる緑に覆われた急斜面と色彩豊かな果樹園の美しい風景は相変わらずそこにあった。

眠りのなかで何度となく聞いた南国の鳥のさえずりが聞こえてくる。フィデリオ・パエズの粗末な家の周辺にこれほど豊饒《ほうじょう》な農場があるとは思えないが、いったいここは――?

「世界一退屈な場所へようこそ」

女性のけだるい声に驚いて振り向くと、ドアのところからすらりと背の高い黒髪の美人がじっとこちらを見つめていた。パーティー・ドレスといってもおかしくないシルバーラメのミニ丈のストラップ・ドレスを着て、高価な宝石をちりばめたシックなチョーカーをつけている。

「ここは黄金の館《やかた》――ハシエンダ・デ・オーロ――。ナチュラリストのパラダイス、考古学者にとっては憧《あこが》れの地かもしれないけれど、若い女の子にとっては生きながら葬られる墓場だわ」彼女は憂鬱そうに完璧《かんぺき》なたまご形の顔をしかめた。「私はヨランダ・デル・カスティーリョ。ホアキンは私の兄よ」

「きれいな英語を話すのね」お洒落《しゃれ》で世慣れた感じの美女に少々気後れを感じてルーシーはほほ笑んだ。

「当たり前でしょ?」ヨランダは楽しくもなさそうに笑った。「私がどこで教育を受けたと思ってるの?」

おそらくイギリスの学校で。ラテンアメリカの裕福な家庭の子女はたいていそうする。

「ここがどこで、どうやってここに来たのかまったくわからないのだけれど……」ルーシーは話題を変えた。

「ここはペテン州の北部。ホアキンが熱を出したあなたを自家用ジェットで連れてきたの」

「自家用ジェット？」ルーシーは面食らってきき返した。「ホアキン・デル・カスティーリョ……教えて、彼はいったいだれなの？」

「あなた、ほんとに何も知らないの？」ヨランダは目をぐるりとまわして驚いてみせ、その一瞬、ひとつふたつ年上かと思っていた女性がひどく子どもじみて見えた。「ちょっと待ってて」とドアに向かう。

「あの……」ルーシーは出ていきかけたヨランダを呼び止めた。「電話をお借りできる？」

「あら、どうしてないのかしら」ヨランダはベッドサイドのテーブルに目をやった。「いくらあなたが詐欺師でも、電話まで隠しちゃうなんてひどいわね。私だったら電話なしでは五分も生きられないわ」

「あなたも知っているの？　つまり……」

「私が何も知らずにおしゃべりをしに来たと思ってた？」ヨランダはぞんざいに肩をすくめた。「ここには話し相手がいないからすごく退屈なの。でもあなたが何をしたかは知ってるわ。知ってるし、腹も立てている。かわいそうに、フィデリオは優しくてとてもいい人なのに」

ホアキンばかりか彼の妹にまで詐欺師呼ばわりされていっそう傷つき、ルーシーは肩を落としてベッドの端に腰を下ろした。間もなくヨランダが戻ってきて、ベッドの上にぴかぴかのゴシップ雑誌をほうった。

「フィデリオ・パエズは十五歳のころからずっとうちの牧場で働いてきたから、引退するときは彼のために盛大なパーティーを開いてあげたのよ」ヨランダは近くの椅子に座って優雅に脚を組んだ。「しばらくして、フィデリオがまた隣の牧場で働き出したと聞いて、私たち、どんな気持ちだったかわかる？　フィデリオは恥ずかしくて兄にもう一度ここで働かせてほしいとは言い出せなかったの」

「それで、フィデリオは老後の蓄えがどこに消えたか、あなたのお兄さまに話したのね？」

「いいえ。フィデリオはあなたにお金をだましとられたとは思ってもいないわ。でも兄が疑わしいと思い、独断であなたの身辺調査をしたの」

姉がしたこととはいえ、聞いて楽しい話ではなく、ルーシーは恥じ入ってうなだれた。

「兄の話が出たついでに言っておくけれど、彼にお熱を上げるのもいいかげんにして。ここには年ごろの女の子がいるってことを忘れないでほしいわ」

ルーシーはなんのことやらわからずにヨランダを見つめた。

「病気のあいだ、あなたがあんまりばかげたことを口走るものだから、最初、兄が愛人を連れ込んだのかと思ったくらい」

「愛人?」ルーシーは仰天して口ごもった。

「兄さんのガールフレンドはいつも決まって外国人。グァテマラの女性はプライドが高いから、そう簡単には寝ないのよ」ヨランダは誇らしげに胸を張った。

「ばかげたことって、私、どんなことを口走ったの?」

「いくら高熱にうなされていたからって、美しいグリーンの瞳が好きだとか、キスがどうだとか、ドアの外まで聞こえてきてはらはらしたわ」

ルーシーは真っ赤になり、本心を見透かされまいと目をそむけた。不意に涙が込み上げてきて目を開けていられなくなる。

ヨランダは立ち上がってベッドに近づき、不思議そうにルーシーを見つめた。「人は見かけによらないと言うけれど、とても詐欺師には見えないわ。感傷的で涙もろくて純情そうで……」

ルーシーは唇をかんだ。「涙もろいのは病気のせいよ」

「いいえ、違う。あなたは兄さんに夢中なんだわ」ヨランダは断言し、気の毒そうに頭を振った。「私にも相当問題はあるけれど、あなたにはもっと大きな問題があるようね」

ヨランダは出ていき、ルーシーは気持ちを静めようと深呼吸をしてからベッドの上の雑誌を手に取った。指が震え、迷子の子猫のように途方に暮れている。何より最悪なのは、熱にうなされているあいだ、恋に頭がいかれた十代の女の子みたいに、正気ではとても口にできない恥ずかしいうわごとをつぶやき続けたということだった。

美貌《びぼう》のブロンド女性を伴ってリムジンから降りるホアキンの写真が雑誌の表紙を飾っている。ぱらぱらとページを繰り、表紙に関連する記事が載ったページを見つけて読み始めた。

リッチな有名人の私生活を興味本位で書き立てる北米のゴシップ誌によれば、ホアキン・デル・カスティーリョは世界じゅうにいくつもの邸宅を所有しているらしい。億万長者で若き実業家。マヤ遺跡の保全に関して政府に助言するほどの学識者。三十歳で独身。シャツを替えるようにデートの相手を替えるプレイボーイ。彼の亡き父は六十歳まで結婚せず、巷《ちまた》では息子も父にならうのではないかと噂《うわさ》されている。

ルーシーは雑誌をぱたっと閉じた。巨万の富を持つプレイボーイが私にキスをした。それがどんな意味を持つかわかりすぎるほどわかりながら、深く考えたいとは思わない。いずれにしても、シンディが恐ろしく危険な敵を作ったことだけはたしかなようだ。疲労が激しく、電話を探しに行く気力も失《う》せて、ルーシーはベッドにはい上がり、ひんやりしたシーツのあいだに体を横たえて疲れた目を閉じた。

「ルーシー……？」

まどろみのなかでもそれがホアキンの声だとわかる。ほかのだれ一人、これほど魅惑的に私の名を呼ぶ人はいないのだから。夢で幾度も聞いた蜂蜜《はちみつ》のように甘美な響き……ルーシーは目を閉じたまま誘惑を寄せつけまいとした。

「あっちに行って」まだ目覚めきれずにつぶやいた。

「ルーシー、起きて」

うっすら目を開き、ベッドの足元に立つ男に焦点を合わせた。夕暮の薄明かりのなかでさえ漆黒の髪は生気に満ちて輝き、瞳は宝石と見まごうほどにきらめいている。でもいまは、彼の威圧的な容姿におびえてはいなかった。高熱に苦しんでいるあいだホアキンはずっとそばにつき添ってくれていた。ときおり目覚めると、いつもそこに心配そうに見下ろす彼の顔があった。

ルーシーはため息をつき、こわばった手足を伸ばした。そのとき突然空気が張りつめたのを感じてホアキンの視線をたどり、その先にあるしどけない自分の姿に顔を赤らめた。薄いナイティの上から小高く盛り上がった胸の形がくっきり見えている。慌ててシーツをつかんで体に引き寄せた。

「だいぶ元気になったようだね」明らかに皮肉とわかる言い方だ。

「私、いつからここに?」困惑し、何か言うだけのためにそう言った。

「三日前に高熱を出して倒れてから」

ルーシーはうなずき、ほかに何も思いつかずに的外れなことをつぶやいた。「今日はスーツを着ているのね」仕立てのいい麻のスーツは野性的な男の魅力をいっそう際立たせている。「なんだか……怒っているみたい」目の前にいる彼の凍るような冷たさと、病床につき添ってくれていた彼の優しさとを比較せずにはいられなかった。

「そのとおり。ほんとうはきみを快適なベッドから引きずり出して肉体労働のつらさをたっぷり味わわせてやりたいのに、その反対に手厚く看病させられたんだから。いくらなんでも病人を手荒く扱うわけにはいかない。誓って言うが、きみを意図的に傷つけたり苦しめたりするつもりはなかった。医者はきみがもともと健康な状態じゃなかったと言っていたが、もし初めからそれがわかっていたら、フィデリオの家までわざわざ野宿までして馬の旅などさせなかった」

いまさらくどくど説明されなくても、ホアキン・デル・カスティーリョほど裕福な男が四輪駆動車を買えずに馬での旅を余儀なくされたとは思っていない。おそらくあれは報復のための旅だったのだ。

「きみが病気だってこと、フィアンセに知らせようか?」

「フィアンセ?」ルーシーは目をまたたいた。「そんな人、いないわ」

「いない? じゃ、ロジャー・ハークネスを振ったのか? そういえば婚約指輪をはめていないね。実を言うと最初からきみたちの関係を疑っていたんだ。きみのような贅沢《ぜいたく》好みの女が、資格を取ったばかりの新米会計士と本気で結婚するとは思えなかったから」

自分がシンディの替え玉であることをいまごろになって思い出し、姉が婚約している事実はもちろん、相手の職業すら調べがついていることを知って愕然《がくぜん》とした。

「ハークネスとは遊びだったのか？　もっと金持ちのパトロンが現れるまでのつなぎってわけか？」ホアキンは嫌悪に顔をゆがめた。「残念だ。きみがほんとうはどんな女か、何も知らないフィアンセに教えるのを楽しみにしていたのに。同性として、節操のかけらもない女性と結婚しようとしている男を黙って見てはいられない」

そのとき、髪に白いものがまじったずんぐりした女性が入ってきてルーシーの口に体温計を突っ込み、病人のやつれた顔と不安げなまなざしに気づいて館の主《あるじ》を非難がましく見上げた。

ホアキンは憤懣《ふんまん》をこらえて息を吸い、唇を真一文字に結んだ。「この問題に関してはもう少しよくなったら改めて話し合おう」彼は頭をわずかにかしげ、きびすを返した。

土壇場で釣り針から逃がされた魚のようにほっとして、ルーシーはふっくらした枕《まくら》に頭を沈めた。

それから一時間後に運ばれてきた食事を終えるころ、ようやく頭が働き出してホアキンのなだめられない怒りの理由を理解した。

彼がシンディをグァテマラに呼んだのは事実関係を明確にし、罪を償わせるためだった。

人里離れたフィデリオの家に閉じ込めて不自由な生活をさせ、精神的に追いつめて、だましとった全額を返済するという念書にサインさせるつもりだった。それなのに、復讐《ふくしゅう》すべき相手は清潔なベッドにのうのうと横たわり、手厚く看病されている。そんな贅沢は限られた富豪だけに与えられるべき特権なのだ。ホアキンの怒りをはらんだ貴族的な顔を思い描き、なぜいままで彼の断固たる意志と決意に気づかなかったのかと不思議に思った。

シンディに電話をしてこのことを知らせなければ。それも一刻も早く。〝同性として、節操のかけらもない女性と結婚しようとしている男を黙って見てはいられない〟とホアキンは言った。おそらく間近に迫った結婚式の日取りさえ知っているだろう。でもいまのところ彼は私をシンディと信じ込み、哀れなフィアンセはいいように利用されて捨てられたと思っている。姉を執拗《しつよう》な復讐から守るには、あくまでも自分がシンディになりすますしかないということか。

ルーシーは意を決してベッドを下りた。時計は夜の十時をまわっている。椅子の背にかかっていたガウンを羽織り、廊下に出た。真昼のように明るく照らされたつややかな板張りのフロアーのところどころに高価な敷物が敷いてある。

いくつかの部屋の前を通り過ぎ、恐ろしく天井の高いギャラリーに出た。人の声がこだまし、階下のホールを横切る足音が聞こえる。数メートル先にわずかに開いたドアが見え、ルーシーはそっと近寄って聞き耳を立て、物音がしないのを確認してからドアを押した。

広大なその部屋に人の気配はない。電話があることを確かめてから静かにドアを閉め、胸をどきどきさせて明かりをつけた。シンディが家にいてくれますようにとひそかに祈る。

ルーシーの声を聞くなりシンディは朗らかに笑った。「いままで連絡ひとつよこさないところを見ると、そっちでよほどいい思いをしてるのね」

「だったらいいんだけど」ルーシーは息を吸って呼吸を整えた。「実はいま、大変な立場に立たされてるの」

できるかぎり簡潔に、フィデリオ・パエズに関して姉が知っておくべき事実を伝えた。

しかし、ルーシーが人目を忍んで電話していることなど意に介さず、シンディは何度も不満やら怒りやらを爆発させて話の進行を妨げた。

「マリオは広い牧場とすごいお屋敷の写真を見せてくれたし、初めて会った晩だってロサンゼルスの五つ星のホテルに泊まっていたのよ。あれは全部嘘《うそ》だったってわけ？」

「それについては私にはなんとも言えないけれど」ルーシーはもう一度ホアキンが語った事実を繰り返し、ロンドンからの応答を待った。

「フィデリオの懐に余裕がないんならあんなにお金を送ってくれなくてもよかったのよ」

しばらくの沈黙のあと、シンディは突っかかるように言った。

「ホアキン・デル・カスティーリョに全額返せと迫られているの。あなたがママのために買ったフラットがすぐに売れるといいんだけれど……十九のときに受け取ったパパの保険金、まだ少しは残っている？」

「やめてよ。私がこんなばかげたことのために全財産を差し出すと、あなた、本気で思ってるの？」シンディはヒステリックに言いつのった。

「でも、お金はできるだけ返すべきだと――」

「お金は盗んだわけでも借りたわけでもない。足りないと言ったらフィデリオがくれた、それだけのことよ。彼が破産したとしたらお気の毒だけど、私のせいじゃないわ！」

「シンディ――」

「デル・カスティーリョとかいう男がなんと言ったにせよ、フラットを売ったお金を返済にまわすなんてことは考えないで。ロジャーはそのお金を新しい住宅ローンの頭金にしたがっているんだから。それがだめになれば彼に事情を話さなければならなくなる。そんなこと絶対にできないわ！」

「でもシンディ、ホアキン・デル・カスティーリョは裕福な牧場主で、どんなにお金がかかろうがこの問題に決着をつける気でいるわ」

「それほど裕福ならその人がフィデリオにお金をあげればいいじゃない。金持ちはますます金持ちになるわけよね。自分のものはがっちりため込んでいるんだから」

受話器が何かにぶつかる音がして、遠くからシンディの泣き声が聞こえてきた。姉が投げ出した電話を拾うのを待ちながらルーシーは受話器を握り締めた。泣くことで少しでも気持ちが落ち着くならそれでいいとも思う。けれどシンディのけんか腰の態度に気持ちを傷つけられたのもまたたしかだった。

でももし自分がシンディだったら、裕福だとばかり思っていた義理の父が実は生活に困窮していたと知らされて平静でいられるはずはない。それに、フィデリオにお金を返すとなれば経済的にきつくなるのは目に見えているし、そうなればフィアンセに事情を説明しないわけにはいかなくなる。

実直で保守的なロジャー。彼は金銭の管理に厳格で、姉の浪費癖を快く思っていないという。もちろんフィアンセの過去については何も知らされていないはずだ。ルーシーは姉の立場に同情し、たとえ一瞬でも恨みがましい気持ちを抱いた自分を責めた。結婚直前にフィアンセの芳しからぬ過去が暴かれた場合、ロジャーは婚約を破棄するだろうか？

「ルーシー？」シンディは再び電話を取り、涙声でつぶやいた。「私、どうしたらいい？」

「二人でなんとか返しましょう。私も仕事を探して力に――」

「結婚式がすむまで待って！」シンディは声を震わせてさえぎった。「結婚するまで、デル・カスティーリョとやらに私のことは内緒にすると約束して」

「でもシンディ……」ルーシーは重すぎる秘密を負わされてたじろいだ。

「いまそのことを打ち明けたらロジャーに捨てられちゃう。やり繰りが下手なうえに多額の負債を抱えた女性と喜んで結婚する男なんている？　私がロジャーならとっとと逃げ出すわ。お願い、ルーシー、もうしばらく私の身代わりになると約束して」

そんな偽装を続けるのは危険だとわかっていながら拒むことができない。夫となる人に事実を話すようにと強制して、そのために結婚がだめになったらどう責任を取ればいいの？

「何があろうと二度と電話をかけてこないで」シンディはおびえて声を落とした。「絶対に返済の念書に私の名をサインしちゃだめよ」

「あなたのサインを……？」姉のサインを模するなんてことは考えたこともない。

「その人、全額を返せなんてよくも言えるわね。もし返せるとしても、私にできるのはせいぜい十年の分割払いよ」

「何かいい方法がないか考えてみるわ」

「とにかく私たちが二人いることがばれないように気をつけて。結婚式までに帰れなくても気にしなくていいわ。あなたが欠席しても花婿さえいれば私は大丈夫」

次の瞬間、電話は切れていた。

受話器を戻して深呼吸をしたとき部屋のドアが開き、ルーシーはとっさにベッドの陰に身を潜めた。

ホアキンがだれかとスペイン語で話す声が聞こえたが、身を伏せているので彼が廊下にいるのか部屋のなかにいるのかわからない。一番近い物陰に隠れようと見まわしても適当な場所はなく、ルーシーはそのまま息を殺して彼の話が終わるのを待った。ドアが閉まり、今度は携帯電話らしい呼び出し音がしてホアキンがそれに応じた。彼はほとんどしゃべらず、しばらく相手の話を聞いてからややいら立たしげに電話を終わらせた。どうやらここはホアキンの部屋らしい。でもまだ十一時。ゴシップ雑誌の表紙を飾るほどのプレイボーイがやすむには早すぎる。たぶんすぐに部屋から出ていくだろう。

布のこすれる音を聞いてはっとする。服を脱ぎ始めたようだ。でも気づかれずに出ていくチャンスが少しでも残っているかぎりこのまま隠れているほうがいい。いまさらのこのこ出ていって恥の上塗りをするわけにはいかない。別のドアが開き、別の明かりがつき……希望が頭をもたげる。彼はバスルームに入った！　ベッドの端まではったまま前進し、飛び出そうとしたとき、ブロンズ色の男の素足が行く手をはばんだ。

「一緒にシャワーを浴びたい？」頭上にビロードのように滑らかな声が響いた。

4

ホアキンのおだやかな口調から察して、どうやらベッドの陰に隠れていたことは最初からばれていたらしい。

ルーシーは穴があったら入りたい気分でそろそろと頭をもたげた。真夜中に他人のベッドルームに忍び込み、ナイティとガウンという格好で床にはいつくばっているなんて！

彼は長い脚を仕立てのいいベージュのパンツに包み、その上に白い麻のシャツを着ているが、前のボタンは全部外され、まぶしいほどの布の白さと胸毛に覆われた黄金色の胸板が鋭いコントラストをなしている。

「入り口からベッドの向こうは見えていた。きみの目の高さからでは見えないかもしれないが」

一緒にシャワーを浴びたいかときいたのは本気ではなく、ラテン・アメリカ流のジョークなのだろうとルーシーは勝手に決めつけた。助け起こされ、黒いまつげに囲まれたグリーンの瞳と正面から出会ってルーシーは息を止めた。何万ボルトかの電流に感電したみたいで、どんな言い訳をするつもりだったにせよ、言葉は舌の上でスコットランドの霧のように消え去った。

「悪い子だ」感じやすい耳たぶの後ろから顎の輪郭に指を滑らせ、ホアキンは例の低く魅惑的な声でたしなめた。

頭がくらくらし、またもやみぞおちに無数の蝶《ちょう》が舞い戻ってくる。でもいまはそれが何を意味するのかよくわかっていた。

「いまになって怖《お》じ気づいた？」ホアキンはルーシーの小さな顔にまっすぐ目を当てた。

誇り高く刻まれた頬骨、涼やかな黒い眉、くっきりした鼻梁《びりょう》、官能的な唇……そのすべてを目でなぞり、胸に焼きつけずにはいられない。〝あなたは兄さんに夢中なんだわ〟とヨランダは言った。ルーシーはいまそのことを認め、自分の愚かさを呪《のろ》った。「いいえ、違うわ」

ホアキンは眉を上げて皮肉げに笑った。「ぼくがこんなに早く戻るとは思わなかった。そう？」

「私……」

心を見透かすグリーンの瞳に射られて胸はときめき、理性は逃げるようにと命ずるが体は催眠術にでもかけられたようにしびれて動けない。間近に迫る男のぬくもりと野性の匂《にお》いにそそられて、ルーシーは思わず身を震わせた。

耐えがたいほど濃密な静けさに包まれる。

わずかに目を細め、彼はルーシーの風のように軽いミントグリーンのガウンのひもを解いた。その仕草があまりにも自然だったので、やわらかい布が肩から足元にするりと滑り落ちてもルーシーは抵抗しなかった。「ホアキン……?」何を言おうがもう遅すぎた。言葉の代わりに狼《おおかみ》のように貪欲《どんよく》な微笑を返し、彼はほっそりした肩に両手をのせ、顔を近づけてくる。キスするんだわ……狂おしい期待にほかのすべては吹き払われた。早く、早く……ルーシーはもどかしい思いで待ち受ける。

二人の背が違いすぎることに気づいて小さく笑い、ホアキンはベッドに腰を落としてルーシーを引き寄せた。そして両手を腰にまわし、彼女を軽く抱き上げて自分の膝に座らせた。

こんなところで何をしているの?——陶然とした頭のどこかで問う声がする。「いけないわ、こんなこと……」ルーシーはなんとか理性を取り戻そうとしながらうわずった声でささやいた。

何も聞かなかったかのようにホアキンは両手で彼女の頰をはさみ、ルーシーは再び我を忘れた。美しいクリスタルグリーンの瞳に誘われて、ただただ彼に身を預けたかった。体は宙に浮き、乳房は重く、固くせり出したその先端が熱くうずく。

「わかっているね、ぼくたちのことはフィデリオとはなんの関係もない」ホアキンはかすれた声でつぶやいた。

「キスして」肉体を引き裂く南国の熱風に煽《あお》られて羞恥心《しゅうちしん》はどこかに飛び去った。

ホアキンはそうした――急《せ》くことなく、とうてい抵抗できない愛の技を駆使して、そうした。やわらかい唇を押し開き、舌を差し入れ、その内側をまさぐり……愉悦の波が手足の隅々にまで広がり、ルーシーはいまにも失神しそうになって彼に腕をからませた。

「魔女《ウイッチ》……」彼はしゃがれた声で言い、高ぶる欲望に駆られて再び彼女の唇をとらえた。

乾いた炉の薪《まき》に油がそそがれたかのように、ルーシーは燃え上がった。そのままなよやかにベッドに押し倒されて、彼の豊かな髪に指を埋《うず》める。ホアキンは喉の奥でうめき、体を回転させて厚い胸を彼女に重ねた。このたくましい肌のぬくもり……すばらしい肉体の重み……すべてを奪い、むさぼるかのような舌での愛撫《あいぶ》……強烈な歓喜にあえぎ、呼吸も思うに任せない。彼は両方の手のひらで胸の膨らみを支え、親指の腹でその先端を転がし、ルーシーはついに理性の完敗を認めてキスの合間に彼の名を呼んだ。

ドアをノックする音がしたらしい。ルーシーには聞こえなかったが、ホアキンがはっと身を起こしたのでそれがわかった。彼はいきなりルーシーをカーペットの上にほうり出し、それまでの愛撫が嘘《うそ》のように冷徹な声でじっとしているようにと命じた。

ドアの外でヨランダがスペイン語で何か話していた。そのとき初めて自分の破廉恥な行為に愕然《がくぜん》とし、ルーシーは赤面して頭を伏せた。ヨランダの声がヒステリックに高まるにつれ、それに答えるホアキンの声は厳しく冷ややかになった。二人が口論しているのはわかるが、ここでじっとしている以外になすすべはなかった。

抑えがたい欲望はいまなおくすぶり、それがいかに屈辱的であっても、全身全霊をあげてホアキンを求めずにはいられない。あの一瞬まで、男と女のあいだに運命的に生じる引力がいかに強烈になり得るか、理解していなかった。ナイティにガウンを羽織っただけの格好で彼の部屋に身を潜めていた理由をどう解釈されたとしても文句は言えない。そのうえ抵抗もせずキスをねだったのだから、こちらから誘惑を仕かけたと思われても仕方なかった。

怒りを響かせて遠ざかるハイヒールの音がルーシーのもの思いを破った。

「部屋に戻るんだ」引き返してきたホアキンは苦々しくつぶやき、かがんでルーシーを抱き上げた。

「ええ、もちろん……」その答えがいかに間抜けに響こうと、ほかに気のきいた言葉は思いつかない。ルーシー自身、もしヨランダが現れなかったらどこで一夜を過ごすことになったか確信はなかった。

「もちろん?」ホアキンは冷笑し、ドアに向かった。「きみが男をどう扱うかわかっていながら、いまにも安っぽい誘惑の罠《わな》にかかるところだった」ホアキンは廊下を歩いてゲストルームのドアを蹴《け》り、なかに入ってルーシーをあお向けにベッドに落とした。青白いハート形の顔のまわりにカラメルブロンドの髪が散り、すみれ色の瞳が怒りに燃える。

「誘惑したわけじゃないわ！」

「勝手に部屋に入り込んでぼくを待っていたじゃないか」長いまつげの下でグリーンの瞳が冷たく光った。「同じ屋根の下に、まだ若い妹がいるのに、きみには慎《つつ》ましさというものがないのか？」

反論したくても、電話を使ったことを認めるわけにはいかない。もしそれを認めれば、彼は番号を調べ、ルーシーがだれもいないはずのロンドンの自宅に電話をかけた事実をつかむだろう。

「ないわ、残念ながら」ふてぶてしく応じる自分の声を聞いた。男を巧みに操るプレイガール、古い道徳観から解放されたフリーセックスの信奉者――彼がそう思い込んでいるなら否定はすまい。シンディのために嘘をつき続けるならそのほうが安全だった。

挑発的な返事にそそられてホアキンはベッドに腰を沈め、マットレスに手を突いて彼女の上に身をかがめた。「やっと認めたね」

二人の視線がぶつかり、目に見えぬ火花を散らした。「私は何も認めてないわ」彼のあまりの近さにどぎまぎし、かすれた声でささやいた。

ホアキンはゆっくり手を伸ばし、一房の巻き毛に指をからませた。その目は一秒たりとも彼女を放さない。「言っておくが、どんなに欲しくてもきみを金で買うつもりはない。

色仕かけが金になると思っているならいまのうちに考え直したほうがいい」低い声に不穏な威嚇が響く。

しかしその脅しすら彼女を煽った。どんなに欲しくても……？　彼のような男に求められるということは、平凡で冴《さ》えない自分のなかにセクシーで刺激的な別人の存在が感じられるということ――そう思うとなぜか気持ちが高揚し、我にもなく大胆になれる。ルーシーは唇をなめ、彼の視線がばら色に濡《ぬ》れた舌の動きを追うのを見てぶるっと震えた。いま二人を包む張りつめた沈黙のなかでは、床に落ちた一本のピンの音でさえ、大地に転げ落ちた岩のとどろきほどに聞こえたことだろう。

「あら驚いた。ルーシー、あなたったらいまだにお布団をかけてもらわないと眠れないの？」開け放しのドアの外からヨランダが甘ったるい声でひやかした。

ホアキンは反射的に身を引き、ゆっくりベッドから立ち上がると唇を笑いかけるようにかしげ、妹にスペイン語で何か言ってから部屋を出た。

「おやすみなさい《ブエナス・ノーチェス》、ルーシー」ヨランダはわざとらしくため息をつき、もう一度ルーシーに非難の一瞥《いちべつ》をくれて立ち去った。

いたずらを見とがめられた子どものように赤くなり、ルーシーは口のなかで〝おやすみ〟とつぶやいてシーツのあいだに潜り込んだ。けれど体が火照ってなかなか眠れない。認めるのは悔しいが、ホアキンの腕に抱かれていたときほど豊かな生命力に満たされたのは、これまでの二十二年の人生で初めてだった。

学生時代、ルーシーはおとなしすぎて男の子の注目を浴びることはほとんどなかった。卒業後、図書館で働いていた十九のとき、アルバイトに来たスティーヴと知り合い、彼に夢中になった。二人はよく一緒にお昼を食べ、スティーヴも彼女との交際を楽しんでいるふうだった。が、大いなる誤解の上に成り立っていた彼らの関係は、真実が明らかになると同時に消滅した。スティーヴがゲイだとわかったときの衝撃はいまも忘れられない。スティーヴはルーシーを気のおけない友だちとみなし、同性のルームメイトと深い仲であることに当然彼女も気づいていると思っていたのだ。

翌年、工科の学生のラリーと知り合ったが、彼は夜の外出は無理だというルーシーの言葉を信用せず、ある晩いきなり家の戸口に現れた。ラリーは彼女の母親の無礼きわまりない応対に気を悪くして、残念なことに、始まってもいなかった二人の交際はそれをかぎりに終わった。

自信に満ちたグァテマラの牧場主と比較して、ルーシーが自分の未熟さをことさら意識したとしても無理はない。何年ものあいだ自由を奪われてきて、豊かな経験などあろうはずもなかった。病弱な母の世話をする娘として実際の年齢より大人にならなければならなかったとしても、いまだに思春期の少女の域を脱していない部分が多くあることを改めて思い知らされた。

であるなら、ホアキンの前で奔放に振る舞ったことに彼女自身が気づかなかったとしても、驚くことではないかもしれない。なぜなら、これまでそういう場面に遭遇したことすらなく、自分が性にどう反応するか、知る機会はなかったのだから。赤い血の流れる普通の女性ならそれは自然なこと……自然？　ホアキンをベッドに押し倒して服をむしり取りたいと思うのが？　彼が同じ部屋に入ってきただけで頭がまともに機能しなくなるのが？　見つめられるたびに、触れられるたびに、自分が姉の身代わりであることをきれいさっぱり忘れてしまうのが自然だというの？　性の衝動とはそれほど強烈なものなの？

ルーシーは混乱して頭を抱えた。フィデリオ・パエズのお金の問題を解決するためにこれまで自分は何をしてきただろう？　何も――。恥ずかしいけれどそれは認めなければならない。今日もホアキンと二度顔を合わせたのにその件に触れもせず、現実的な返済方法に同意してほしいと頼みさえしなかった。明日こそ、何があろうとすべきことをしようとルーシーは心に誓った。

翌朝、食事を終えるとすぐにルーシーは身なりを整えた。サン・アンヘリータの酒場に置いてきたスーツケースの中身はいまきちんとプレスされて衣装だんすにかかっている。

ルーシーは少し迷ってペールブルーのスーツを取り出した。短いスカートにぴったりしたジャケットの組み合わせは少々挑発的ではあるが、ナイティでうろつくよりはるかにましだ。たしかに、あんな格好では色気を武器にする女と誤解されても文句は言えない。でも高級ブランドのスーツに身を固めたいま、ホアキンは今度こそ対等な人間として話し合いに応じてくれるだろう。

シンディの恐ろしくかかとの高いストラップ・シューズをはいてなんとか転ばずに階段を下りきると、深紅のミニと肌を大胆に露出させる短いトップという、ファッショナブルではあるがかなりショッキングな服装のヨランダがホールをこちらに向かって歩いてきた。

「おはよう、ヨランダ」ルーシーはゆうべのことを思い出して少々ぎこちなく声をかけた。「ホアキンはどこかしら?」

ヨランダは立ち止まり、顔をしかめた。「オフィスでしょ」ホールの奥を指さした。「でもいまは会いに行かないほうがいいと思うわ」

「なぜ?」

ヨランダはそれには答えずに別の質問をした。「あなた、お父さんはいるの?」

「いいえ、だいぶ前に亡くなったわ」

「男の兄弟は?」

ルーシーはいないと首を横に振る。

「だったらすべてを男が支配するラテン・アメリカの文化など理解できっこないわね」ヨランダはすねた子どものように唇をとがらせた。「グァテマラの女性はまず父親に従い、その後は男の兄弟に、結婚してからは夫に従わなければならないの。女性の意思なんか完全に無視されて、いくつになっても小さな子どもみたいにああしろこうしろと指図されるのよ。それがどんなにいやか、あなたにわかる？」

ルーシーはふと、生活のあらゆる場面で言葉巧みに娘の行動を制限した亡き母の声を聞いたような気がした。

〝ルーシー、もう子どもじゃないんだからそんな服を着るのはおよしなさい〟

〝ルーシー、そんなメイクをするのはいかがわしい女だけよ〟

〝ルーシー、あなたには大学に行くほどの頭はないわ〟

〝ルーシー、病気の母親をほったらかして夜学に行くなんて身勝手すぎると思わない？〟

「よくわかるわ」ルーシーは思わず声に出して言っていた。「どちらかというと母が……口うるさかったから」

歩き出していたヨランダは驚いて振り向き、その一瞬二人の目が合った。しかし言葉で母を裏切ったような気がして後ろめたく、ルーシーのほうから先に顔をそむけた。

「私のママはパパが死んだらすぐに再婚して新しい家族を持ったの」ヨランダはどうでもよさそうに言った。「私は邪魔者で、すぐに全寮制の学校に入れられちゃった。かわいそうな連れ子ってわけ！」彼女は自虐的に笑い、ヒールを響かせて広い階段を上がっていった。

教えられたオフィスに向かって歩きながら、ルーシーはゆうべの兄と妹の口論を思い出していた。いや、口論というのは当たらないかもしれない、と心のうちで訂正する。ホアキンは終始冷静沈着で、妹のほうが一方的に言いつのっていた。かわいそうに、男尊女卑の観念が根強く残るこの国で厳格な兄に自由を束縛されるのは、若いヨランダにとってさぞかしつらいことだろう。どうやらホアキン・デル・カスティーリョは生まれながらの専制君主のようにこの家に君臨しているらしかった。

ドアを軽くたたき、少し待ってからノブをまわした。寒色系で統一された男性的なその部屋はかなりの広さがあり、壁の三方を大きな書架が取り囲んでいて、オフィスというより図書室のような雰囲気だ。正面のフレンチドアが緑豊かな庭に向かって開け放たれ、ふんだんに流れ込む陽光がデスクから立ち上がったホアキンのシルクのような黒髪を光らせている。ベージュのチノパンツに白の半袖《はんそで》シャツというカジュアルな服装でこれほどエレガントに見える男がほかにいるかしら？

彼は硬い表情を崩さず、深い湖のような目を険しく細めて彼女を見つめた。しかし何も言わず、話を促そうともしない。

重い沈黙にルーシーの気持ちは一気に落ち込み、緊張のあまり呼吸が速くなった。「フィデリオに返すお金のことで話し合いたいと――」

「それについて言うべきことはない」彼はにべもなくはねつけた。「念書にサインさえすれば家に帰すと言ったはずだ」

「それ以外の方法もあるはずだわ。大金を一度に返すなんてとても無理ですもの」ルーシーは萎《な》えそうになる勇気を奮い立たせた。「最初にまとまった額をお返しして、残りは何回かに分けて返済するというのは……？」

「書面での合意がなければ、ロンドンに帰ったとたんきみは約束を破るかもしれない」

「その心配はないわ。いま売りに出している不動産に買い手がつけば――」

「きみ名義の不動産はいま住んでいるフラットだけで、それが売りに出されているという情報はない」

彼はシンディが母のために買ったフラットの存在を知らないらしい。それはそうだろう。もしそこまで調べがついていたなら、シンディに双子の妹がいることも知っているはずだ。これ以上フラットのことを言い張るのは危険すぎる。シンディがどんな女か、フィアンセに伝えたかったとホアキンは言った。もしほんとうのシンディ・パエズがロンドンで結婚の準備を進めているとわかったら、彼は間違いなくその脅しを実行に移すだろう。

「たとえいくらかまとまった額が返済されたとしても、残りを分割でという案は現実的ではない。フィデリオがあと何十年も生きるという保証はどこにもないんだ」

「でも、すべては誤解だったのよ。初めからだますつもりなんてなかった。フィデリオが牧童頭だとわかっていたら、送金をあてにするようなことはほのめかしもしなかったわ」

「もっともらしい言い訳だ」ホアキンは侮蔑《ぶべつ》を隠さず漆黒の眉を上げた。「だがきみは、ぼくの父が遺言でフィデリオに相当な金額を贈与したことをマリオから聞いていたに違いない」

フィデリオ・パエズになぜあれほどの蓄えがあったのか、いま初めて納得がいった。その大半がホアキンの父親から遺贈されたお金で、だからこそホアキン自身がこの問題に深くかかわってきたのだ。デル・カスティーリョの富の一部が引退した老人の生活を安泰にするはずだったのに、マリオの強欲な嫁がそれをかすめ取った。でも、身勝手な拝金主義を責められはしても、シンディは断じて詐欺師ではない。彼女には意図的にマリオの父親を苦しめるつもりはなかった。

「そんな話、聞いてないわ」ルーシーは手を固く握り締めた。「あなたは忘れているようだけれど、マリオとシン――」うっかり姉の名を口にしかけて口ごもった。「マリオと私、そんなに長く一緒にいたわけじゃないのよ」

「それでマリオが死んだあと、悲しみに暮れる未亡人を演ずる必要すらないとさっさとロンドンに帰ってしまったのか」

「ばかげた憶測はやめて！」

「きみが食わせ者だということはぼくがだれよりもよく知っている。まずその事実を認めることだ」ホアキンはグリーンの瞳を輝かせ、怒りにこわばるルーシーの華奢《きゃしゃ》な体を眺めまわした。

商品を値踏みするような無遠慮な視線にさらされてルーシーはすくみ上がった。でもいまこの場から逃げ出すわけにはいかない。「あなたにはわかっていない――」

「そうかな？　ラファエロが描く天使の巻き毛、つぶらなすみれ色の瞳、頬を染めて恥じらう少女の風情――まるで壊れやすい磁器の人形のようだ。女性のなかに自分の見たいものしか見ようとしない愚かな男どもにはそんな手管も通用するかもしれないが、残念ながらぼくはそういう連中とは違う」

「大事な問題を冷静に話し合えると思ってここに来たのに、人形になぞらえられるとは心外だわ！」

ホアキンはルーシーの視線をとらえたままデスクにもたれかかった。「冷静に話し合う？　ぴちぴちのミニスカートにマリリン・モンローばりのハイヒールをはいて、下着も着けずに素肌にジャケットを着てきたのはそのため？」

いきなり服装のことを言われて面食らい、ルーシーは言葉もなく息を詰めた。

「なかなかいい眺めだ。ぼくも男として誘われれば断らないが、その代価としてフィデリオへの借金を帳消しにするつもりはさらさらない」

ルーシーはジャケットの下にキャミソールを着ていることを示そうとボタンを外しかけ、ブラジャーを着けていないことを思い出して慌ててもとに戻した。

「ほらほら、顔を赤らめ、目を伏せ、膝を合わせて、またもや可憐《かれん》な乙女を演じてぼくをたぶらかそうというのか？　だがいまきみが相手にしているのはだまされやすい青二才じゃない。はっきり言うが、ゆうべきみがぼくの部屋に忍び込んできた目的も見え見えだ」

「いいかげんにして！」我慢の限度を超え、ルーシーは突然怒りを爆発させた。「私が言うことは何ひとつ聞こうともせずに個人攻撃をやめないなら――」

「ぼくのベッドで唇を差し出したのはきみの利益のためだった。あのあと欲求不満に悶々《もんもん》として眠れぬ夜を過ごす羽目に陥ったぼくが、今朝きみの話に同情的に耳をかたむけると考えたんだろう」

よくもそんなひどいことを……よくも……。ルーシーは実際に彼を攻撃する武器――火掻《か》き棒であれトロフィーであれ――を探して周囲を見まわしている自分に気づいて驚いた。ホアキンという男にこれほどまでに煽られる自分におびえ、思わず口に手を当てた。「あなたって、無礼で、野蛮で、ほんとうに頭にくるわ！」

「ぼくは忍耐強いほうじゃない。あくまでも純情ぶろうとするきみの無駄な努力はいささか鼻についてきた」

鼻につくどころか、容姿も服装も仕草も人間性も、何もかもが彼の癇《かん》にさわるらしい。しかしこれ以上言い争っても意味はない。ルーシーはかろうじて怒りを収め、背筋を伸ばして当面の問題に話を戻した。「フィデリオのお金は何回かに分けて返すと言っているのに、あなたは信じてもくれない。いったいどうすれば私の誠意を――」

「誠意？　嘘で塗り固めたきみが誠意なんて言葉を使うとは驚きだ」彼は奇想天外な言葉を耳にしたかのように目を丸くした。「ぼくはそこまでばかじゃない。目下失業中のきみにそんな約束が守れるはずはないんだ」

姉に関してどこまで調べがついているのかと空恐ろしくなる。シンディはテレビ局で臨時のメイクアップ・アーティストとして働いていたが、その契約は何週間か前に終わっていた。いずれ空きができたら再雇用するという口約束はあるものの、現在失業中だという事実に変わりはなかった。

「過去五年のうち、きみが賃金をもらって働いたのはたった八カ月にすぎない。まともな仕事に就けるとはとても思えないね。遊び好きで怠惰なきみのことだ。生活の面倒を見てくれる男をつかまえたらわざわざ働きはしないだろう」

「とんでもない！　私は働くのが好きだし、もし仕事があったらあなたの非難がどんなに的外れか証明してあげるわ！」

数秒の沈黙が流れた。

ルーシーはわずかなプライドにしがみついて背筋を伸ばし、顎を上げる。

ホアキンは長いまつげの奥できらりと目を光らせた。「いつから始める？」

5

「始める?」ルーシーはわけがわからずにきき返した。「始めるって、何を?」

「仕事を」ホアキンは挑むように答えた。「仕事があればぼくの非難が的外れだと証明できると言うなら、ぼくのオフィスで働けばいい」

ルーシーは口を開き、何も言えずにまた閉じた。

「きみは以前タイピストとして働いたことがあったね?」ホアキンは記憶をたどり、彼女の唖然《あぜん》とした表情を見てからかうように笑った。

タイピスト? 姉が? 彼は思ったよりシンディのことをよく知っているようだ。でもルーシーにタイプの経験はない。「あなたが……私を雇うというの?」

「そうすればきみがベッド以外のところでも有能だということがはっきりする。ただし、きみがいた職場と違って、異例の昇進は約束できないが」

「どういう意味?」

「もう忘れた? タイピストとして働き出して何日もしないうちにきみは社長付きの秘書

になり、翌週には退職して妻子あるその彼の愛人になったじゃないか」

あからさまな攻撃にむっとしてルーシーは反駁《はんばく》しようとしたが、横柄に見下ろす鋭いまなざしを受けて思い直した。また口論を始めてもなんの解決にもならない。認めたくはないが、いまは絶対的に彼のほうが有利な立場にいる。そこで、こんなときにシンディがするように、いかにも無関心そうに肩をすくめた。

「まだ病み上がりで仕事をするほどの体力はないと言い訳するつもりかい？」

「いいえ、その反対にぴんぴんしているわ！」彼のしたり顔が神経にさわる。

ホアキンは彼女の前を横切り、満足そうな笑いを浮かべて大きくドアを開けた。「それならいますぐきみにぴったりの仕事を用意しよう」

「ここで？」彼の真意がつかめない。

ホアキンはルーシーの背に手を添えて廊下の奥へと進み、突き当たりのドアを開けて最新のハイテク基地みたいなオフィスに入った。「ここには常時優秀なスタッフが詰めていて、会社が請け負ったプロジェクトの管理はもちろんのこと、ぼく個人のスケジュール調整もしてくれている」

三人の女性がいっせいにモニターから顔を上げ、ホアキンはそのなかの年かさの女性にスペイン語で話しかけた。「彼女は秘書のドミンガ。ドミンガ、こちらはルーシー・パエズ」

中年女性の冷ややかな会釈に、ルーシーは校則違反を犯して校長の前に立たされた学生のように緊張してあいさつを返した。ドミンガの厳しい目つきは、彼女が老パエズを食いものにした帳本人であることを承知していると語っている。どうしよう？　腹立ち紛れに余計なことを口走り、抜き差しならない立場に追い込まれてしまった。ホアキンは最初からはったりを見抜き、彼女に仕事をさせて偽りの仮面をはがす気なのだ。

「ドミンガが仕事の指示をしてくれる」すでに勝利を確信して彼は唇で薄く笑った。

その後の数時間はルーシーにとって人生で最も屈辱的な経験といえるものになった。ドミンガは冷淡ではあっても公平で、新入りを不当に扱うようなことはしなかったが、そんな彼女でさえ、ルーシーにできる仕事を探すのは一苦労だった。スペイン語がわからないので電話の応対も書類の整理もできない。もちろんコンピューターには触れたこともなく、プリンターをセットするように言われれば間違った用紙を入れ、別の機械では操作を誤って紙づまりを起こす始末だった。しかし簡単にあきらめるのを潔しとしないドミンガはどこかにタイプライターを探しに行き、それが運び込まれるのを待つあいだ、ルーシーはタイプなど打ったこともないと告白する勇気もなくデスクのまわりをそわそわ歩きまわっていた。

事実が明らかになるのに時間はかからなかった。ドミンガは傍らに立って二本の指で懸命に文字を探すルーシーを見守り、ほかの二人はそのぶざまな格好を盗み見ては何やらささやき交わし、忍び笑いをもらした。

ようやく訪れた昼休み、ルーシーは痛む背中を伸ばし、デスクを立ってドミンガに謝りに行った。「ごめんなさい」恥をしのんで頭をさげる。「貴重な時間を無駄にさせてしまって」

午後は休むように言われ、それがもう来なくていいというほのめかしだと察してほっとしたのもつかの間、ドミンガは明日の朝コンピューターの基本操作を教えると続けた。ルーシーは意気消沈してオフィスを出た。自分の無能さを再認識させられてプライドはずたずただ。明日はさらに恥の上塗りをすることになるのではないかと不安がつのる。でも考えてみればこうなることは最初からわかっていた。図書館で働いていたときは書物にスタンプを押し、棚に並べ、ときたま来館者が本を探す手伝いをするくらいで、特別な技能は必要なかった。正式な図書館員の資格を取るために夜学で勉強してはどうかと何度か勧められたが、夜は家を空けられないので断るしかなかった。

階段に向かってホールを歩いていくと玄関のドアが開き、ホアキンが入ってきた。乗馬から戻ったばかりらしく、純白のポロシャツにぴったりしたベージュのジョッパー、ダークブラウンのブーツをはいている。〝最高にゴージャス〟という言葉でしかその姿を言い表すことはできないと思うほど、彼は凛々《りり》しく美しい。黒髪は少年のように風に乱れ、まっすぐな眉の下のグリーンの瞳は見事な一対の宝石のようだ。

心臓が狂ったように打ち始める。密林を徘徊《はいかい》するピューマのように華麗で精悍《せいかん》でしなやかな生きもの……ルーシーは彼が放射するハイオクタンのエネルギーに魅了された。

ホアキンは小さく手を上げ、ルーシーはその一瞬雷に打たれたようにしびれて立ちつくした。いままでどんな男性にもこれほど強烈に惹《ひ》かれたことはない。そしてたぶん、これからも二度と……。高熱にうなされているとき我知らず彼の名を呼んだという。夢のなかで彼を求め、彼がそばにいると気づけばなぜか守られていると感じた。そしていま、皮肉なことに、ルーシーは危険きわまりないホアキン・デル・カスティーリョという男を直感の部分で信じていた。

シンディにとってホアキンの存在は深刻な脅威になるかもしれない。そうであっても、ルーシーは今回彼を行動に駆り立てた強い倫理感を尊敬していた。富と力のある男の何人が、かつての使用人が抱える金銭トラブルを貴重な時間と手間をかけて解決しようとするだろう？　彼らのうち何人が、弱者がこうむった被害を調査し、奪われたすべてを取り戻そうとするだろう？

「ルーシー……」

かすれた声を聞き、透明に近いグリーンのまなざしにくらっとした瞬間、二人の唇は吸い寄せられるように重なった。どちらが先に動いたのかはわからない。でもそれはどうでもよかった。肌で触れ合いたいという願いがかなえられればほかのすべてはどうでもよかった。連太鼓のようにとどろく脈動に揺さぶられ、ルーシーは抱き寄せられて彼の肩に両手を添える。唇を介して生気あふれる男のぬくもりがそそぎ込まれ、全身に染みわたり……。

ホアキンは唇を離し、大きく息をついて深くきらめく瞳で見下ろした。「この次はきみを放しはしない」

少しずつ正気が戻ってきて、ルーシーは衝動的なキスの余韻にめまいを覚え、ホアキンがなぞらえた磁器の人形のように硬直して身を引いた。

「私たち――」

「私たち？ きみとぼくの関係にそういう言い方はそぐわない」ホアキンは鼻孔を膨らませ、残酷に釘《くぎ》をさした。

火照った頬から一気に血の気が引いていく。「もちろん……それはわかっているわ」わななき、傷ついた心と暴走する肉体をなんとかなだめようと彼に背を向けた。

「タイピストごっこはもう終わった？」

ルーシーはうなずき、まるで命がけでそこに行き着こうとするかのように階段に向かって歩き出した。

「ぼくの非難が的外れだということを証明するんじゃなかった？」

「いいかげんにして」

「念書にサインしたほうがいい。きみに十分な返済能力があることはわかっているんだ」ホアキンは鼻先で笑った。「そうすればすぐにでも空港に送っていく」

ルーシーはきつく目を閉じた。背筋を伸ばし、ゆっくり階段を上がり始める。彼の視線を意識して、二階のギャラリーから廊下に折れるまで歩調を速めはしなかった。それから廊下を走り、ベッドルームに駆け込んでベッドの上に突っ伏した。

シンディに十分な返済能力があるというのはほんとうだろうか？　いいえ、姉がそれほどのお金をどこかに隠しているとはとても思えない。感情に流されまいと懸命にこらえていた涙があふれ出し、ルーシーは自分の弱さを呪《のろ》いながら枕《まくら》に顔を押しつけてむせび泣いた。

彼女は傷ついていた。ホアキン・デル・カスティーリョにどうしようもなく恋し、できるならすぐにでも彼女を追い払いたいと言わんばかりの残酷な言葉に傷ついていた。〝しっかり目を開けて現実を見るのよ、ルーシー〟小さな声がささやいた。〝あなたが太刀打ちできる相手ではないし、もしほかに適当な女性がいたら彼はあなたになんか見向きもしないはず〟

すでにシンディの代役をつとめることに倦《う》み疲れている。本来の正直な心が真実を告げるようにと促す一方で、用心深い別の声が、そんなことをすればホアキンは姉妹が共謀した裏切り行為にますます逆上するだけだと警告を発した。この事態を簡単に解決する方法はもはやなかった。法にも触れかねない最悪な偽りを、罪のない軽微な嘘《うそ》に変える方法はなかった。本物のシンディ・パエズがロンドンにいることを知ったらホアキンはさっそく報復措置を取るだろう。怒り狂い、持てる力のすべてを使って、執念深く……。恐怖の震えが背筋を貫く。幼いころから苦労を重ねてきた姉がいままたささやかな幸せを奪い取られるとしたら、人生はあまりにも不当だ。シンディがロジャーと相談してこの問題をどう解決するか決めるまで、ホアキンをだまし続けるほかに道はない。

いつのまにか寝入ったらしく、昼食を運んできたメイドのノックで目を覚ました。旺盛《おうせい》な食欲ですべてを平らげると、ルーシーは気分を変えて散歩に出ようと心に決めた。うたた寝でしわになったスーツを脱いで花柄のシフォンのスカートをはき、揃《そろ》いのジャケットはハンガーに残したまま、ここに来たときに着ていた刺繍《ししゅう》入りのブラウスを頭からかぶって靴に素足を滑り込ませる。

ひんやりしたホールからまぶしい太陽の下に出て、健康を回復して以来初めて当たる新鮮な外の空気をたっぷり肺に取り込んだ。ほどなく、あでやかな花に覆われた樹木が密生する自然のままの庭園が、深い谷の向こうに広がる原生林の眺望にも劣らぬほど雄大であることがわかってきた。はるかに見渡す樹海からさらに高く、天を指すようにそびえる石の塔が見え、ルーシーはその風景に魅せられて森の奥へと蛇行する古めかしい石畳の小路《こみち》をたどり始めた。深く分け入るにつれ、神秘的な気分も増してくる。色とりどりの珍しい野鳥が頭上を舞い、素早く降下しては鋭い声で鳴き交わす。猿が一匹しだれた枝から枝に飛び移ってルーシーを驚かした。黒い目をくりくりさせたその動物が近くの枝から興味深げにこちらを観察するのを見て彼女は笑い、文明に毒された都会とはまったく異質な空間に驚嘆して周囲に目を遊ばせた。

大自然のなかでいくらか落ち着きを取り戻し、自分のしたことを考えてみる。ホアキンは、もちろん、戯れに提案した仕事をルーシーが本気でやり通すと期待してはいなかった。だからこそずっとオフィスに張りついて、彼がうんざりするまであきらめるべきではなかったのかもしれない。中途で仕事を投げ出せば、フィデリオにお金を返すといくら口で約束しても信用してもらえないだろう。最初からシンディを怠惰なプレイガールと思い込んでいる男の偏見を正すためには、明日のコンピューター・トレーニングを死にもの狂いで頑張るしかない。

そう思い決め、ルーシーはすり減った小路なりに緩やかなカーブを曲がった。その一瞬、目を見張って立ち止まる。いま初めて、ハシエンダ・デ・オーロが考古学者の憧《あこが》れの地だと言ったヨランダの言葉の意味を理解した。目の前の広大な空間に堂々たるマヤ文明の遺跡群が広がっている。さっき樹海の上に浮かんで見えたのはこの神殿の屋根だったのだ。

ルーシーは少女のころから古代の世界に興味を持ち、もし大学に行けたら考古学を専攻したいと思っていた。五年前、グァテマラ人と結婚したことを知らせるはがきがシンディから届いたが、その後の四年間は音信不通で、ほんの十一カ月前まで、ルーシーは姉が夫とともにグァテマラで幸せに暮らしているとばかり思っていた。ラテンアメリカに散在する壮大なマヤ遺跡にとりわけ関心を抱き、さまざまな文献を読みふけったのも、もしかしたらその周辺に姉がいると信じていたからかもしれない。

荒廃を免れ、よく保存された古代の神殿を前にして胸は感動に震えた。ロンドンを発《た》つ前、ペテン地方の有名な史跡群の一箇所でも訪ねてみたいという思いがちらっと頭をよぎったが、グァテマラに行くのは病床にいる老人を慰めるためで遺跡見物のためではないとあきらめた。それなのに、はからずもいま、素人考古学者にとって夢のような光景が目の前に広がっている……。

写真でしか見たことがない古代の石碑に時のたつのも忘れて見とれていると、突然背後に聞き慣れた声が響き、ルーシーははっとして振り向いた。

「こんなところで、いままで何をしていたんだ？」ホアキンが数メートル先の巨大な石柱にもたれて立ち、険しい表情でじっとこちらを見つめている。

「えっ？」不意をつかれ、無防備なまなざしで浅黒い端整な男の顔を見つめ返した。そして我に返り、彼に鋭く感応せずにはいられない自分に腹を立てて目をそらす。彼に会いたくなかった。彼のことを考えたくなかった。どんなに古代の神殿に魅了されようとも、今朝受けた心の傷はまだ癒《い》えていない。

〝私たち？　きみとぼくの関係にそういう言い方はそぐわない〟と彼は冷たく言い放った。わかりきったことをわざわざ口にする必要などなかったのに……。ルーシー自身さえうまく秘めておくことができないほどの彼への渇望を踏みにじるまではしないかもしれないが、ホアキンは明らかに彼女を蔑視《べっし》していた。

「遺跡を守るために、一日二十四時間武装したガードマンがこの辺りをパトロールしているんだ。遺跡荒らしと間違われたらどうする？　のどかなイギリスの田園を散歩するみたいに危険なジャングルに入るなどもってのほかだ！」

「ジャングル？」

「そうとも、ここは正真正銘のジャングル。危険がいっぱいの熱帯雨林のただなかだ！」その剣幕に気圧《けお》されてルーシーは立ちすくんだ。「いままで何時間きみを捜していたと思う？」

「でも、迷子になったわけじゃないわ。小路に沿って歩いてきただけで……」

ホアキンは怒りを静めようとするかのように大きく息を吸い、手にした携帯電話でだれかとスペイン語で言葉を交わすと、再びルーシーに目を戻した。「外に出たきり三時間も戻らないので、みんなできみを捜していたんだ」

三時間も？　みんなで？　ルーシーはいぶかって腕時計を見た。「ごめんなさい。そんなに時間がたったとは思わなくて」

「強がりはやめろ」ホアキンは辛辣《しんらつ》にさえぎった。「ほんとうは道に迷っていたくせに」

「いいえ、違うわ」ルーシーは来た方向を振り返り、深い森のなかで方向感覚を鈍らされていることに初めて気がついた。すでに、さっきまでたどっていた小路に戻れると言いきる自信はない。

「きみがマヤ文明の神秘のとりこになるはずもないし――」

「ここにいるあいだに一度でいいから神殿を見ておきたかったの」かたくなに彼を視野から外し、巨大な建築物をあおぎ見た。「お願い、あと五分だけ」二度とここを訪れるチャンスはないと思い、ルーシーは呼び止める声に耳をふさいで歩き出した。

「今度はなんのまねだ？　ここにあるものが何かわかってもいないのに……」

ルーシーは石段に立ち、神殿の入り口を飾る神々の浮彫《マスク》に見入った。

「あれはとうもろこしの神《フン・フナブ》。そしてあれは、たぶん、雨の神《チャク》ね。これは太陽神《キニク・アハウ》」つぶやきながら薄暗い神殿に入っていく。「本で読んだだけだから発音は間違っているかもしれないけれど……ここに地下室《ピブ・ナ》はある？」

返事はなく、ルーシーは唇をかんで振り向いた。ホアキンが眉間《みけん》にしわを寄せ、不思議そうにこちらを見ている。

「どうかして？」

「きみの言うとおり、ここにはピブ・ナがある」

「壁画が描かれた?」目を輝かせてたたみかけ、ため息をついた。「でもきっと高温多湿な気候のせいでだめになってしまったんでしょうね」

「完全には消えていないが、いまは修復と保存のためのプロジェクトが進行中なのでなかを見ることはできない」

長い沈黙のあいだ、ホアキンは口を固く結んで石像のように動かなかった。ルーシーはたずねるように彼を見上げた。

「きみとマリオとの関係を誤解していたようだ。少なくともそれに関しては謝らなければならない。きみはマリオを愛し、彼との思い出を大切にしたくてマヤ文明を勉強した……そう?」

ルーシーは平手打ちでもされたように青ざめた。ホアキンはマリオの未亡人に、つまりシンディ・パエズに初めていくらかの敬意を払い、誠実に謝罪した。でももちろん、彼女がマヤ遺跡に執着する理由を誤解している。

「もう遅いわ」突然自分がかかわった裏切り行為を恥じて歩き始めた。

ホアキンはルーシーの腕に手を置いて引き止めた。「マリオを心から愛していたんだね」

ますますばつが悪くなり、彼から手を引っ込めて階段を下り始めた。「そのことは話したくないの」

「わかるよ。でもマリオとは幼いころから仲がよかったから……」

「幼いころは、でしょう?」話題を変えたかった。「デル・カスティーリョの富の相続人と牧童頭の息子が永遠の友情を結ぶなんて考えられないわ」

「ぼくたちは特別だった。マリオは結婚したその日に電話をくれて、きみと一緒になれて世界一幸せだと報告してくれたんだ」

その話はいつか折を見てシンディに伝えよう。でもいまは、ホアキンの幼友だちの思い出話を続けたくはなかった。彼が正直に話せば話すほど、嘘に嘘を重ねる自分に嫌気がさしてくる。

「ぼくを見て」ホアキンは再び彼女の手を取った。「もしかしたらきみを早まって判断していたかもしれない。それはたぶん、マリオが死んでからきみへの偏見に凝り固まっていたからだろう」

「昔のことよ」ルーシーは冷ややかに切り捨てた。

「話をはぐらかさないでくれ。夫が死んで何週間もたたないうちになぜきみがあんなみっともないことをしたのか、なんとか理解しようとしているんだ」

ルーシーはかっとして手を振りほどいた。「何もかも考え違いしているわ!」愛する姉のために黙っているわけにはいかない。「生まれてからずっと甘やかされてきたあなたには理解できないでしょうけれど——」

「甘やかされてきた?」

「世界に邸宅を何軒所有すればご満足？　そんなあなたに貧しく希望のない生活がどんなに悲惨か理解できっこないわ。深い悲しみと憤りが人の心をゆがめたとしても、正義漢を気取るあなたは同情すらしないでしょうね」

心からあふれた言葉をぶつけると、ルーシーは彼に嫌悪の一瞥《いちべつ》を投げ、呼びかけにも応じずに走り出した。再び石敷きの小路が見えてきたいま、道案内がなくても一人で家にたどり着けるだろう。

森を駆け抜けながら、シンディと語り明かした十一カ月前の夜のことを思い出していた。あのとき、マリオの急死にショックを受け、悲しみを紛らすために愚かなことをしたとシンディは正直に告白してくれた。それがどんなことかきかなかったが、いまとなればおよその察しはつく。裸でカメラの前に立ち、小金を持った既婚者と関係を持った。当時シンディは十七歳だったのだから、責められるべきは相手の男たちであったとしても……。

周囲の風景の変化に気づいてルーシーは歩を緩めた。木立は密にからみ合い、その根元を覆う緑の敷物を背景にエキゾティックな熱帯植物が繁茂している。夕暮れが迫りつつあるのか、それとも密林の枝にさえぎられてここまで日ざしが届かないのか、ほの暗く霞《かす》んだ光のなかに巨大な羊歯《しだ》、アナナス、野生の白い蘭《らん》が浮かび上がる。そのとき近くに水音がしてルーシーは首を巡らした。

石灰岩が露出した絶壁から落ちる滝がおだやかな池の表面を乱している。水は透明で、底の小石のひとつひとつが見分けられるほどだ。来るときにここを通った覚えはなく、どうやら方角を間違えたようだ。

しゃがんで水に触れ、心地よい冷たさを指に残してまた立ち上がった。鳥さえ沈黙した静けさに聞き入る。あまりの蒸し暑さと感情の高ぶりで汗をかき、肌がブラウスに張りついて気持ちが悪い。ちょっとだけ……ほんの一、二分、水浴びしてはいけないかしら？　肌を冷やして冷静になり、それから来た道を引き返せばいい。このまま先に進んだら迷子になるのはわかっていた。

スカートを脱ぎ、ブラウスを頭から引き抜いて池に入った。なんてすてきな気分！　手で水をすくい、きらめく水滴を火照った体にはねかけた。

「じっとして」

低く抑えたホアキンの声がして、ルーシーは反射的に胸に手を当てて顔を上げた。そしてそこに見たものに心臓が凍りつく……。

6

樹木の下の深い陰のなかに、動物園でしか見たことがない恐ろしく大きな生きものが見えた。

池の反対側の水際からほんの数メートルのところから、巨大なジャガーが大きな黄金の目でじっとこちらをうかがっている。ルーシーは恐怖にとらわれ、息をすることも目をそらすこともできずにそこに立っていた。緊張の一瞬が流れ、それから、しなやかな猫科の動物は悠然と森の奥へと消えた。

脚ががくがくし、何か言おうにも歯の根が合わない。半裸でいることもすでに意識にはなかった。

ホアキンはルーシーを池から抱き上げ、シャツを脱いで震える肩に着せかけた。「古代のマヤ族は、夜になると太陽がジャガーに変身して地上を徘徊《はいかい》すると信じていたそうだ」

「狙《ねら》った獲物を一撃のもとに仕留める狩りの神——マヤの人たちはそう言ってジャガーを畏怖《いふ》していたんでしょう?」

「たしかに。でもジャガーが人を襲うことはめったにない」

「彼が水浴びする気にならなくてよかったわ」ルーシーは木の葉のように震え、くずおれまいと彼の肩にしがみついた。

「ジャガーは泳ぎの名手で、たぶんここに魚を捕りに来たんだろう。きみが彼の領域を侵したんだ」

「こんなに怖い思いをしたのは初めて」

「当然だ」彼は脱ぎ捨ててあったブラウスを拾い、ルーシーの頭にかぶせて肩から自分のシャツを引き抜いた。「ジャングルで半裸で泳ぐ前にそのことに気づいてほしかったね」そう言いながらシャツを身に着ける。「ジャガーがきみに気づく前から、ぼくはきみに見とれていた。女性の裸を見たことがないとは言わないが、この世にこれほど美しいものがあろうとは思わなかった」

「美しい？」ルーシーはため息のように問い返した。

「完璧《かんぺき》だ」ホアキンはいまだに震えが止まらないルーシーの腕にブラウスの袖《そで》を通した。「この胸も、この髪も、光り輝くこの肌も」

呼吸を止められないのと同じように、高ぶる歓喜を抑えることができない。ルーシーは喉の奥で意味をなさない何かをつぶやき、深い光をたたえたグリーンの瞳を見つめて唇をなめた。

何か聞こえたかのようにホアキンは手で彼女を制した。

さっきの言葉がどういう意味かたずねる必要はなかった。差し伸べられた手を取って立ち上がり、彼の指がかすかに震えているのに気づいてルーシーは誇らしかった。ホアキンが広げたスカートに脚を入れることにもいまはためらいを感じない。そうしながら、水浴《ぬ》びをする自分の姿が彼の目にどう映ったか想像してみた。唯一身に着けていた下着さえ濡れて肌に張りついていたに違いない。

「それって、セクシー、という意味？」きかずにはいられなかった。

ホアキンは両手でルーシーの肩をつかみ、もみほぐすように指を曲げ伸ばしした。「昔の巨匠が描く水の精《ニンフ》のようだった」

ルーシーのなかでニンフはセクシーというより健康そうな天使のイメージに近い。彼に背を押され、雲の上でも歩くような頼りない足取りで廃墟《はいきょ》の際を通り、四輪駆動車が止めてある木陰へと折れた。助手席に座り、異様な胸の高鳴りを静めようとしながら車のエンジンをかける男の日焼けした横顔を盗み見た。これほど切実に異性に触れたいと願ったことはない。

いつ会話がやんだのだろう？　いつ沈黙が始まり、いつ緊張が高まったのか？　時間の感覚は失《う》せ、送風口から吹き出すエアコンの音だけが響く。ホアキンは首を巡らし、長く濃いまつげに縁取られた翡翠《ひすい》色の瞳で彼女を見つめた。

彼に触れたいという熱い願いを恥じて手を握り締め、ひたひたと押し寄せる静けさのなかでホアキンのすべてを胸に刻んだ。かすかな光を帯びた高い頬、神秘の宝石のような瞳、薄い不精髭《ひげ》に覆われた角張った顎、それとは対照的な甘やかな唇。まなざしでひたすら彼を追うルーシーの首のつけ根で脈が狂ったように躍る。

「いけない。そんな目で男を見るのは危険だ」

理性はとうの昔に働きを停止した。彼は見つめ、彼女は燃え、そして溶ける。これほど単純で根源的な性の引力を抑制するのは不可能だった。

「私だけがいけないの？」

「いや」彼はそっと手を上げ、脈打つ鎖骨のくぼみに指で触れた。「ほかのどんな女性にもこれほど強く惹《ひ》かれたことはなかった。なぜきみとのあいだにだけ特別な引力を感じるのだろう？　だが、その謎《なぞ》を解くためにきみと深くかかわるつもりはない。いま何が起こったとしても、ぼくたちに未来があると思ってほしくない……」

彼の話を聞き、その意味を理解したけれど、それについて深く考えたくはなかった。残酷な言葉を吟味せぬまま心の奥底に埋没させ、ひたすら魅惑的なグリーンの瞳に見入り、やわらかく開いた唇をなぞる指の動きにすべての感覚を集中させた。

「こんなふうに感じたのは初めて」

「まさか」ホアキンは彼女の頬に手を添え、その手に反射的に唇を寄せたルーシーの仕草を見てくすっと笑った。「十代の女の子じゃあるまいし」

「ええ、そうね……」ルーシーは彼のあからさまな嘲笑《ちょうしょう》の言葉を聞くと同時に自分のなかに封じ込めた。そして、未来を否定したさっきの心ない言葉とともに、現実にはとうてい受け入れられないかなしみのすべてを意識の彼方《かなた》に葬り去る。

「きみはぼくを、ぼくはきみを求めている。だとしたら互いの欲望を満たせばいいことだ」

ホアキンは前を向いてハンドルを握り、アクセルを踏んだ。ルーシーは憧《あこが》れに身を震わせて目を閉じた。が、それも一瞬のこと。胸に不可解な痛みを覚え、もう一度彼を見つめた。互いの欲望を満たす……それだけのこと？　現実と対峙《たいじ》する勇気はなく、急いで心の痛みを遠ざけた。

またたく間に日は暮れ、ヘッドライトが家の裏庭を照らして車は止まった。ホアキンが先に降りてボンネットをまわり、助手席のドアを開けて手を差し伸べる。

いきなり高々と抱き上げられて地面に靴が落ち、ルーシーは彼の突然の変化に戸惑い、少し動揺して笑った。そのとき、さっきまで一階の窓にともっていた明かりが消えているのに気がついた。外がよく見えるように、だれかが部屋を暗くしたのかしら？

「靴が……ホアキン、下ろして」

「だめだ。ぼくのベッドに入るまでは」

「でもヨランダが……」あからさまな誘惑にうろたえてルーシーは口ごもった。

「妹はヴァテマラ・シティのいとこの家に泊まりに行った。リテール・セラピーが彼女のストレス解消になればいいんだが」

「リテール・セラピー？」

「買い物療法」そんなことも知らないのかとでも言いたげにホアキンは言葉を換えた。

彼はルーシーを軽々と抱いたまま裏口のドアを開け、階段を上がり、上の踊り場で立ち止まって待ちきれぬように深く唇を重ねた。

濃厚なキスの余韻に陶然として、いつのまにか閉じた目を開けると、キングサイズのベッドに横たえられていた。すでにスカートは床に落ちている。すべてが思ったより速く進行していることに困惑して身を起こすと、ホアキンは揺るぎない視線を彼女に当てたままシャツのボタンを外し始めた。

「ああ……」ルーシーは小さくあえいだ。

「ああ……何？」これまで見たなかで最もセクシーな微笑が彼の口をしなわせる。

後ろに肘を突いて身を起こし、シャツを脱ぐ彼を見守った。シャツの下から胸毛に覆われたたくましい胸が現れる。チノパンツのジッパーが下ろされ……赤面しながらも少しずつあらわになる男の肉体を見つめないではいられない。

平らな腹部からブリーフの際へと続く黒く縮れた体毛、そしてさらにその下に視線を滑らせて目をまたたいた。欲望の兆候がはっきりその部分にあらわれている。ルーシーは突然のように恥じらい、顔をそむけてドアの鍵穴《かぎあな》に目をやった。

子猫のように不安になり、ベッドに座って両手を握り合わせた。ホアキンを愛していた。愛されていないかもしれないが、その事実に目をつぶるなら愛する人に身を委《ゆだ》ねてもいいではないか？　でも、同じ部屋で服を脱ぐ彼を見るだけでこんなに動揺するとしたら、これから起こるべきことが起こったときにどうなってしまうのか見当もつかない。彼女はそのとき新たな恐怖にとらわれてぞっとした。どうしよう。もし処女であることに気づかれたら……？

「ホアキン――」緊張のあまり声がうわずる。

「待ちきれない？」彼は低く笑った。

「いえ、ただ……」

彼はベッドにかがみ、彼女の固く握り合わせた手をほどいて頭からブラウスを脱がせた。

「少し急ぎすぎていると思わない？」彼が投げ捨てようとしたブラウスをつかんで胸に当てた。

「きみは？　そう思うの？」ホアキンは華奢《きやしや》な肩に手を添え、かぎりなく優しく彼女を枕《まくら》に沈めた。「そんなに固くならないで」

「でも……」

「きみの唇が好きだ」熱い吐息が頬にかかる。

「でも……」しびれて身動きできず、ゆっくり下りてくる彼の唇を待ち受けた。

「でも？」

「なんでもないわ」それ以上考えるのをあきらめ、黒髪に指を差し入れて本能の命じるままに唇を開いた。もはや彼から逃れたいとは思わない。荒っぽく唇を奪われて胸の鼓動は破裂寸前にまで加速し、セクシーな男の匂《にお》いに全身の細胞が目覚め、熱く息づく。

ホアキンは顔を上げ、二人にはさまれてしわくちゃになったブラウスを床に落とすと小さな胸の膨らみを手のひらに包んだ。

「この胸も好きだ……」彼は下着の最後のひとひらを脚から引き抜いた。そしてほんのり色づいた胸の先端を指でつまみ、口に含む。

骨盤の奥で何かがはじけ、ルーシーは震えてのけぞった。愛撫《あいぶ》のひとつひとつにあまりにも敏感に反応する自分の肉体に驚いたが、それについて考えている余裕はなかった。

「お願い……」これ以上つのる欲望を抑えきれず、見知らぬ力に突き動かされて手を差し伸べた。むさぼるような激しいキスでもまだ足りない。

「ほんとうにぼくを欲しがっているんだね？」ホアキンはかすれた声で言い、光をたたえたすみれ色の瞳をのぞき込んだ。

「きく必要があって？」ルーシーは陶然と彼を見上げた。

「女は男より芝居がうまいから。でもきみが演技しているかどうかはすぐにわかる」

ホアキンは勝ち誇ったように震える体をまさぐり、赤みを増した唇に舌を差し入れてとうてい逆らえない巧みなキスで新たな欲望に火をつけた。そうしながら手を下に滑らせ、露に濡れて燃える花びらに触れ……ルーシーは鋭い悦楽に我を忘れてすすり泣いた。

もし声が出せたらこれ以上耐えられないと急《せ》かしていたかもしれない。まさにそのときを選んでホアキンは両脚のあいだに身を重ねた。「こんなに小さくて繊細で……きみを壊してしまいそうで怖い……」あらい息遣いの合間にささやいた。

わずかに残った正気がその言葉を聞き、ルーシーは一瞬おびえてこわばった。「ホアキン……？」

「わかっている」彼は呼びかけの意味を誤解した。「ぼくももう待てない。どんなにきみが欲しいか……こんなに深く、こんなに激しく女性を求めたことはなかった」

すぐに恐怖も不安も消えた。いまルーシーは無知で平凡な処女ではなく、男の欲望をそそるセクシーな大人の女になってここにいる。そのイメージは彼女を大胆にした。触れ合って動く体を感じて目を閉じ、生まれて初めての特別な瞬間を胸に刻んだ。存在のすべてをその部分に凝縮させて彼を受け入れ、つかの間鋭い痛みに歯を食いしばりはしたが、すぐに押し寄せてきた愉悦の波にもまれながら感覚の世界に引き込まれていった。

「いい感じだ、ルーシー。とても、いい……」ホアキンはうめき、神秘の森の奥深くに分け入った。

　ルーシーはすさまじい熱帯の嵐《あらし》にのまれて我を忘れた。胸の鼓動は雷鳴のようにとどろき、吹きすさぶ熱情に息が詰まり、煽《あお》られて燃え上がる炎に肉体が溶けていく。愛のリズムを刻むごとに渇きはつのり、ついには究極の結びつきを求めて彼の名を呼んだ。そして恍惚《こうこつ》の高みへとのぼりつめ、歓喜にむせび、それからゆっくり地上に舞い下りた。

　嵐のあとの凪《なぎ》のなかでルーシーは驚嘆して彼を見つめた。解放のときを迎えてうめき、わななないて果てたいとしい男の姿を思い出すだけで感動に胸が震える。汗ばんで光る肌に身を添わせ、至福の充足感に浸されてたくましい肩にキスをした。

「あなた……とてもすてきだったわ」この感動を言葉でどう表現したらいいかわからない。

「きみも」ホアキンは満ち足りた野生のジャガーのように喉を鳴らした。「信じられないくらいすばらしかった」

　彼はルーシーを抱擁したままあお向きになり、厚い胸板にやわらかく息づく裸体を抱き上げた。目と目を合わせ、汗ばんだ額に張りつくカラメルブロンドの髪をそっと押しやり、ゆっくり身を起こして彼女とともにベッドに座った。再びすみれ色の瞳をのぞき込む。

「もう一度きみが欲しい」

　なぜか自信がわいてきてルーシーは恥じらってうなずいた。

「そのあともう一度」胸が破れるほどチャーミングな笑みがホアキンの美しい唇に浮かかん

だ。「そしてもう一度……ああ、あと何回繰り返したら足りるだろう」

ルーシーは頬を染め、幸せに輝く頬を彼の肩に押し当てた。「数える必要があるかしら？」

ホアキンはシーツを蹴《け》って立とうとし、眉をひそめた。彼の視線をたどると小さな血の跡があり、ルーシーは当惑して凍りついた。

「これは……？」

頭をフルスピードで回転させ、最初に思いついた言い訳を口にした。「さっき遺跡を見ているとき、うっかり転んで膝をすりむいたの」

「なぜいままで黙っていたんだ？」ホアキンは顔をしかめた。「ここではどんな小さな傷もきちんと手当てしなければいけない。化膿《かのう》して深刻な感染症を引き起こすこともあるんだから」

彼はすりむいた膝頭を調べ、洗って消毒すべきだと言い張ってベッドから飛び出した。

自分がシンディ・パエズでないことが危うくばれるところだったと身の縮む思いでルーシーは彼の説教におとなしく耳をかたむけた。ホアキンは消毒した膝に絆創膏《ばんそうこう》を張ると立ち上がり、ベッドにしおらしく座るルーシーを見下ろした。

「二度とジャングルに入っちゃいけない。わかったね？」彼は居丈高に命じ、ルーシーは思わず頬にえくぼを刻んで彼を見上げた。

「何がおかしい？」

「その命令口調は生まれつき？　それとも、そうなるように教育されたの？」

ホアキンは手を差し伸べ、ゆっくりベッドに身をかがめて乱れたシーツに彼女を押し倒した。「たぶん持って生まれた才能だろう」真顔で応じる。

ルーシーは笑い、ホアキンは幸せに和らいだすみれ色の瞳を見つめながら戯れるように彼女の両手をシーツに押さえつけた。またもや動悸《どうき》が速くなり、熱い憧れが四肢に広がっていく。

ホアキンはそして、求められていることを確信した男のけだるい微笑を浮かべ、待ち受ける唇にキスをした。

ルーシーは寝返りを打って手を伸ばし、一人でベッドに寝ていることに気がついた。起き上がり、目をまたたいて室内を見まわした。彼の部屋で眠り込み、朝を迎える前にゲストルームに運ばれたらしい。彼の用心深さを当然と思う半面、ベッドに入る前は周囲の目など気にするふうもなかったのにと思うとうれしくはない。胸に芽生えたかすかな不安を抑えつけ、寄り添って朝を迎えられなかった寂しさを認めまいとして、ルーシーは勢いよくベッドを離れた。

シャワーを浴びていてもホアキンのことしか考えられなかった。たった一週間でなぜこれほど彼に夢中になったのか自分でも不思議だった。しかし一週間といっても、それは鮮烈な驚きに満ちた別世界での一週間であり、ホアキンもまた別世界の住人のように特別だった。紺色のシフト・ドレスに足を入れながらゆうべの記憶をたどってみる。最後に愛し合ったのは夜が明ける前だった。熱烈な愛撫に炎と燃え、ついには精根尽き果てて深い眠りに沈んだ。そのあと目覚めることなく彼に抱かれ、ゲストルームのベッドに横たえられたに違いない。

ルーシーはあくびをかみ殺した。どんなに疲れていても今朝はコンピューターの操作を習いに行くと決めている。ホアキンと親密な関係になったとしても、それ以外の情況が変わったわけではなかった。皮肉にも、いまは姉のためというより自分のために、怠惰で無能な寄生虫という汚名を返上したかった。

ホアキンを捜そうとホールへの階段を下りていく。しかしメイドに案内されたダイニングルームに彼の姿はなく、ルーシーはたった一人で朝食のテーブルに着いた。情熱の夜を過ごしたあとの幸福感に心は浮き立っている。いまは自分の気持ちを深く分析したくなかった。喜び以外のすべてを遠ざけておきたかった。〝彼はおまえがだれかすら知らない〟どこからか小さなささやきが聞こえ、ルーシーは急いでその声に耳をふさいだ。

ルーシーを見てドミンガは驚きを隠さなかった。自称タイピストが再びオフィスに現れるとは思っていなかったようだ。きのう裏庭でホアキンと一緒にいるルーシーを見て、あれから二人のあいだに何が起こったのかおよその察しをつけていたのだろう。ほかの何人のスタッフがゆうべのことに気づいたか、考えるだけで顔が火照ってくる。心の奥に、これまで守ってきた信念を自ら進んで破ったという後ろめたさがうずまいていたが、ホアキンを思うたびに胸に広がる喜びはそれよりはるかに強烈だった。

聡明《そうめい》そうな若い男の子がコンピューターの基本操作を教えに来たが、ルーシーは気もそぞろでまったく集中できなかった。やはり朝食の前にホアキンを捜すべきだったかもしれない。でもそれではあまりにもなれなれしすぎるから、彼のほうから捜しに来るのを待つほうがよさそうだ。

十時半を過ぎたころ、ようやくホアキンがオフィスに姿を見せた。彼が入ってきたとたん胸がどきどきし、椅子から腰を浮かしかけて思いとどまった。いきなり立ったら周囲にどう思われるかわからない。座ったまま待つことにして、仕立てのいいダークグレイのビジネススーツを着たスリムな長身を視野の端にとどめた。ホアキン・デル・カスティーリョが何者か、ようやくわかりかけてきた。一般人とは住む世界が違うパワフルで裕福な実業家。改めてその現実を突きつけられてルーシーは戸惑った。

でもすぐに惑いは消える。ゆうべ――というより今朝――ホアキンは楽しげに笑い、見せかけだけではない優しさで抱き締めてくれた。

彼はいまドミンガと話し込んでいる。きりっと引き締まった横顔には微笑のかけらもない。ルーシーは愛に燃えるグリーンの瞳を見たくて、なんとか視線を合わせようと目を凝らした。けれど秘書と話し終えるや彼は彼女を見ようともせず、すたすたとオフィスから出ていった。

ルーシーは肩を落とした。ホアキンは気づいてもくれなかった。もちろんそう……背の小さい私はモニターの陰になって彼のところからは見えなかったのだ。さもなければ、二人の関係をだれにも気取られてはならないと、意識して知らぬふりを決め込んだのか?

悶々《もんもん》と思い悩むうちに昼になり、ルーシーは意を決して廊下に出るとホアキンのオフィスに向かった。

今朝いとこの家から帰ったのか、少し開いたドアの隙間《すきま》からヨランダの甲高い声がもれてくる。ホアキンの厳格な声がそれに応じ、どうやら二人は言い争っているらしかった。

邪魔をすまいと引き返そうとすると、なかからヨランダが飛び出してきて乱暴にドアを閉めた。「奴隷のほうがまだましだわ!」ルーシーにぶつかりそうになって驚いて立ち止まり、涙に濡れた頬を手の甲でこすった。「ホアキンがお小遣いを差し止めると脅すの。自分のお金なのに自由にできないなんて、ひどいと思わない?」

「落ち着いて」ルーシーはすすり泣くヨランダの腰に腕をまわした。「あなたが言ったように、ホアキンは脅しただけで本気じゃないわ」

「兄さんを知らないからそんなことが言えるのよ」ヨランダは悔しそうにしゃくり上げた。

「私がどう生きるかを決めるのは兄さんで、私じゃないって。女の子が自由すぎるのはよくないって――」

「自由すぎる？」ルーシーは目をむいた。かなり奇抜な服装はともかくとして、見たところホアキンの妹が十分すぎる自由を手にしているとは思えなかった。

「つき添いなしではどこにも行かせない、ですって。私の年でつき添いなんて、もの笑いの種になるわ！」

つき添い？　いまの時代に？　ルーシーはうつむいて立ち去るヨランダに同情を覚えずにはいられなかった。彼女が反抗的になるのも無理はない。文化の違いを考慮に入れても、男だからという理由で一人前の女性を聞き分けのない子どものように扱うのはどうかと思う。

眉を寄せ、オフィスのドアをノックした。答えがないのでノブをまわすと、ホアキンは怒りにこわばった背中をこちらに向けて立っている。ルーシーは何歩か歩み寄り、振り向いた彼の険悪な表情に気圧《けお》されて立ちすくんだ。

「何か用か？」グリーンの瞳を糸ほどに細め、ホアキンは冷ややかにきいた。

優しさのかけらもない態度に傷つき、ルーシーは何かひどい過ちを犯したかのように赤面し、口ごもった。「もしいま都合が悪ければ……」

「なんの都合？」取りつく島もない。

ルーシーは唇をかんだ。脇《わき》の下に冷たい汗が流れ、緊張のあまり筋肉が引きつれる。突然、彼に会いに来たこと自体が恐ろしい間違いだったと気づかされた。「ヨランダと口論していたようだから……」

「きみとは関係ない」

「わかってるわ。でも――」その先は続かない。目の前の男が、ほんの何時間か前に愛を交わした情熱的な恋人と同一人物とはとても思えなかった。

死のように重い沈黙が流れる。

「ベッドをともにしたことで何か特別な権利を手に入れたとでも?」ホアキンは眉を上げ、皮肉たっぷりに愚弄《ぐろう》した。

氷の刃《やいば》にぐさりと胸を突かれ、顔から血の気が引いてゆく。なんという残酷さ……なんという……膝が震え、みぞおちに悪寒が走る。

「たぶん、ひとつだけ」ルーシーは精いっぱいの威厳を保ち、ドアのほうに歩き出した。「少なくとも、面と向かって女性を侮辱するような紳士らしからぬ態度に異議を唱える権利はあると思うわ」

彼は突然、手を差し伸べた。「ルーシー」

顔も見たくないのに、それでも振り返らずにはいられない。

「こんなことは続けられない」彼はつぶやき、伸ばした手を力なく脇に落とした。「ゲームは終わりだ、ルーシー。敗北を認め、念書にサインしてロンドンに帰ったほうがいい」

「でも――」

「妹が家にいるかぎり、二度とあんなことをするつもりはない」彼は歯をきしらせ、嫌悪もあらわに吐き捨てた。「きのうは頭がどうかしていたんだ」

いまになればルーシーもそう思う。いっときの狂気が、薄汚れた肉欲を崇高な恋と錯覚させただけのこと。ホアキンが自分より先にそのことに気づいたのは残念というほかないけれど。

ルーシーはそれ以上何も言わず――何も言えず――オフィスをあとにした。

7

階段を上がった記憶もないのに、ルーシーはいつのまにか二階のゲストルームに戻っていた。

震えて椅子に座り、宙を見つめる。ホアキンはゆうべのことを狂気と切り捨てた。でも彼はほんとうの私を知らないのだ。いまでも私をシンディ・パエズ――心ない詐欺師、男を手玉に取るプレイガール――と思っている。突然、名を名乗り、すべてを明らかにして自分自身を取り戻したいという思いに駆られ、ルーシーは椅子から跳ねるように立ち上がった。けれど姉の身代わりになってここに来たそもそもの理由を思い出し、再び腰を下ろして両手で顔を覆った。

姉を守ると約束した。決して裏切らないと約束した。シンディにはお金の工面をする時間が必要だし、フィデリオ・パエズの問題をいつ、どんな形で婚約者に説明するか考える余裕も必要だった。いずれにしても、双子の姉と妹が共謀してホアキン・デル・カスティーリョを欺いたという事実をいまさら告げても、彼は許すどころか、いっそう嫌悪と憤怒《ふんぬ》をつのらせるだけだろう。

思えば、ホアキンと初めて会ったあの日に、自分がマリオ・パエズの未亡人だと名乗ったそのときに、偽りの蟻《あり》地獄に足を踏み入れていた。出会いの瞬間から徹頭徹尾嘘《うそ》をつき通した。恋に落ちるとは思わずに……。もしいま自分がルーシー・ファビアンであることを打ち明けても、フィデリオをだましたのは自分ではないと告白しても、彼のさげすみがいささかでも減じるはずはなく、何か奇跡が起こるかもしれないと期待するのは惨めな現実逃避にすぎなかった。ホアキンはほかのだれでもなく、ルーシー・ファビアンを拒絶したのだ。

十八時間の夢物語は終わった。ルーシーは一夜かぎりの相手だった。一夜というより数時間の――彼は二人で朝を迎えることすら望まず、さっきはこの家から、この国から出ていくようにとこれ以上ないほどはっきり言明した。

こうなったのも自業自得。ホアキンを責めるわけにはいかない。自分の肉体を皿にのせて差し出したも同然なのだから。彼は最初から二人の関係に未来がないことをはっきりさせた。一言も嘘はつかなかった。それなのに彼のベッドに飛び込んだのはほかでもない彼女自身だった。

メイドがドアをノックし、宛名《あてな》も何もない白い封筒を差し出した。

お礼を言って受け取り、なかを見る。それは荒れ果てたフィデリオの家で見せられた返済の念書だった。でも姉に代わってサインするわけにはいかない。

ルーシーはもう一度姉に相談しようと電話を探しに部屋を出た。空気を通すためか、廊下を隔てたゲストルームのドアが開け放たれている。なかに入って電話を見つけ、ロンドンの姉の番号を押した。

「またあなたなの？」シンディは不機嫌に応じた。「二度とかけてこないでと言ったでしょう？」

「フィデリオに借りがあるってこと、ロジャーに話した？」そのとき耳元でかちっという音がしてルーシーは眉をひそめた。

「話せるわけないわ」シンディが続ける。「彼、いま仕事でドイツにいるんですもの」

そういえば、ロジャーがベルリンに二週間出張を命じられたので、式の前日まで会えないとこぼしていたのを聞いたような気がする。「そうだったわね」

「ところでルーシー、あなたがいるフラット、こっちの言い値で買いたいという人が現れたんで売ることにしたわ。ロジャーには、その代金をあなたにあげると言うつもり。入金があり次第グァテマラのフィデリオの口座に振り込むから心配しないで」

「でも、あと何週間かで夫婦になるんですもの、ロジャーにはほんとうのことを話すべきじゃない？」

「いいえ、絶対にだめ」シンディは頑固に言い張った。「それより、これ以上は返せないとデル・カスティーリョを説得するのがあなたの役目よ」

「説得しても彼がすんなり受け入れるとは思えないわ」

「あなただけが頼りなのに、よくもそんな意地悪が言えるわ。それでなくてもへまなあなたに迷惑してるのよ」

頬から血の気が引き、心痛に胃が絞られる。「でも、あなたのためにできるだけのことはしてるわ、シンディ――」

「それより、いいかげんにしろと言ってやったら？」

電話線を通して別の女性の声が聞こえ、ルーシーは驚いて受話器を取り落とした。足音に振り向くと、ヨランダがコードレスフォンで話しながら部屋に入ってくるところだった。

「ずうずうしいにもほどがあるわ、シンディ・パエズ。双子の妹をいけにえの子羊みたいに差し出しておいて、あなたはロンドンでのうのうと結婚の準備をしているわけ？」

「ヨランダ……」ルーシーは仰天してつぶやき、姉がまだ電話を切っていないかどうか確かめようと慌てて受話器を拾って耳に当てた。「もしもし、シンディ？」

「いまのは……だれ？」シンディもルーシー以上に驚いている。

ヨランダは部屋の向こうにコードレスフォンを置き、言うべきことは言ったと身振りで伝えている。「気にしないで」震える声でルーシーは言った。「じゃ、また」

「少しおしゃべりしない？」ヨランダは楽しげに笑って手招きし、階段を下りて豪勢な客間に入るとルーシーが追いつくのを待ってドアを閉めた。そしてアンティークのソファに腰を下ろす。

「どうしてわかったの？」ルーシーは立ったまま、緊張した面持ちでヨランダを見つめた。

「簡単よ。さっきあなたのバッグを探ってパスポートを見ちゃったの。財布には双子の女の子の写真と、大人になったあなたたちの写真が入ってたわ」

「そのこと、ホアキンに話すのね？」

「そうともかぎらないけど」

ルーシーは目をまたたき、若いグァテマラ美人を見つめた。「でも――」

ヨランダは肩をすくめた。「わざわざ私が話さなくても、いずれは兄にもわかることよ。でも愚かなシンディは結局お金を全額返すことになるわ。ホアキンはそう簡単にあきらめないから」

「シンディは愚かじゃないわ。ただ、この先どうなるかおびえているだけ」ルーシーは姉をかばい、重いため息をついた。「こうなったからには正直に全部話したほうがよさそうね。事情を知ればきっとあなたもわかってくれると思うの」

ヨランダはルーシーの話に熱心に耳をかたむけていたが、最後までシンディには同情を示さなかった。「でも、なぜあなたがシンディの代わりに火の粉をかぶらなければならないのか、いまひとつぴんとこないわ」

「姉も私も、まさかこんなことになるとは思っていなかったのよ」

「さっきの電話の様子では、シンディはあなたに悪いことをしたとも思っていないみたいね」ルーシーの困惑顔を見てヨランダはあきれたように首を振った。「あなたってどこまでお人よしなのかしら。みんなにいいように利用されて――」

「そんなことないわ」

「いまだってそう。こっそりあなたのハンドバッグをかきまわしたと打ち明けたのに、叱《しか》ろうともしないんだから」

ルーシーはほほ笑んだ。この自信たっぷりで都会的なグァテマラ美人には、ときどき子どもみたいな無邪気さが見え隠れする。

「とにかく、あなたは一刻も早くホアキンから逃げるべきよ。そうしたければ私が協力してあげる」ヨランダはルーシーのいぶかしげな視線を受けて少々顔を赤らめた。「ほんもののシンディ・パエズじゃなければ念書にサインできないんだから、あなたがここにいてもなんの解決にもならないわ。それに、私みたいな土地勘のある協力者がいなければ脱出は絶対に無理よ」

「兄弟を裏切るの？」

「異母兄弟よ」ヨランダは頭をきっと上げて訂正した。「裏切るというより、私のしたいようにするだけ。あなたがどう言おうが何をしようが、兄はいずれほんとうのシンディを捜し出して念書にサインさせるでしょうね」

　ホアキンならそうするだろうとルーシーも思う。シンディがフィデリオ・パエズの銀行口座に振り込むと約束したフラットの売却代金が、ホアキンが納得する金額であるようにと祈らずにはいられない。

「私に協力してあなたに何か得があるの？」ホアキンの妹がなんの見返りも期待せずに協力を申し出るとは思えない。

「それは内緒。どうしたいか二、三時間のうちに決めて。兄は会議があって今日の午後ニューヨークに発《た》つけれど、あすの夜には帰ってくるわ。逃げるなら今夜のうちに実行しないと」

　ヨランダは立ち上がり、軽やかな足取りでドアに向かった。「あなた次第よ、ルーシー。それほど選択肢があるとは思えないけど。もしここに残るんなら、あなたが身勝手なお姉さんに屠《ほふ》られた哀れな子羊だってことを兄にばらしちゃうかも」

　ルーシーは夢遊病者のようにオフィスに戻った。だれもが真昼の酷暑を避けて長い昼休みを取っており、部屋はがらんとしている。モニターが並ぶデスクに座り、気持ちを静めようと大きく息を吸った。もし念書にサインせずに姿を消したらホアキンは激怒し、結婚を目前に控えたシンディのところに乗り込んでいって返済を迫る可能性は大いにある。ロジャーはいまドイツにいるからトラブルに巻き込まれる心配はないとしても……。フラットを売った代金をフィデリオの口座に振り込むと書き置いていけば、ホアキンは少なくとも一、二週間は待つ気になってくれるかもしれない。いくつもの事業を展開して超多忙な日々を送る男がすべてを人任せにしてロンドンに飛んでくるとは思えなかった。

ドアが開き、敷居にホアキンが立ち止まる。

「ここで何をしている?」

「おなかがすかなくて」

「あきらめが悪いね」彼は美しいグリーンの瞳を凍りつかせた。「念書にサインしてくすね取った金を吐き出すくらいならほかのどんな苦労もいとわないというのか? そこまでして怠け者でないことを証明したいなら協力しよう」

「協力?」

ホアキンはデスクに近づき、傍らに書類を置いた。「このファイルを探してプリントアウトしてくれないか」

唇をかみ、今朝習ったばかりのプリンターの操作手順を懸命に思い出そうとする。でも、いまとなってはなぜそこまでしなければならないのかわからなかった。プライドはどこにいったの? 身の丈を超えた仕事を引き受けてまで、だれに、何を証明しようというの?

「それだけの仕事に二十四時間かけるつもり?」ホアキンは意地悪くきいた。

やり場のない憤怒に駆られてルーシーはいきなり両手を振りかざし、握ったこぶしを目の前のキーボードにたたきつけた。「そんな言い方はやめて！」こらえにこらえてきた怒りを爆発させ、椅子から飛び上がった。「あなたの言いたいことはわかったわ。だから――」

「だったら念書にサインするんだ」もしルーシーが冷静だったら、いまの彼の静かな口調こそが恐ろしいと気づいていただろう。「もしサインすれば、今度ロンドンに行くとき……たぶん……きみに会いに行くことを考えてもいい」

「どういう意味？」ルーシーはわけがわからずに目をまたたいた。

「わからない？」ホアキンは冷笑するように鼻で笑った。「きみはぼくのなかに潜む最も下劣な欲情を刺激する。その誘惑に逆らえたら、二度ときみに会わずにすむのだが」翡翠《ひすい》色の目がシンプルなシフト・ドレスをなぞり、ウエストと腰のカーブにさまよい、胸の膨らみにとどまった。ゆうべこのうえなく深く睦《むつ》み合った肉体を彼はいま改めて視線でむさぼり、ルーシーは赤裸々な欲望にさらされて赤くなり、両手を握り締めた。

けれどそのとき、ルーシーはホアキンとではなく、自分自身と闘っていた。彼が放つ強烈な磁力は二人のあいだの空間を焦がし、ロンドンで再会できるかもしれないというほのめかしは彼女の心の弱みを突いた。口が乾き、心臓は乱れ打つ。

ホアキンは長いまつげにきらめく瞳を隠し、形よい唇から官能的な笑みがもれる。「だがよく考えてみると、ぼくは独身だし、きみを養うこともできる」彼は満悦した様子で男の独善を響かせながら続けた。「ときには信念を曲げて欲望を解放し、ロンドンで快楽にふけるのもいいかもしれない」

きみを養う？　つまり囲いものにしようというの？　ルーシーは彼の驚くべき慢心に衝撃を受け、悲しい現実を理解した。彼はルーシーの気持ちを見抜き、その弱みを利用して意のままに操ろうとしているのだ。そこまで辱められてようやく、憧《あこが》れに燃える肉体は凍りついた。

「抵抗できるはずがないと思っているのね？」

ホアキンは軽蔑《けいべつ》を隠さずに両手を広げ、肩をすくめた。

「いつでも好きなときに、欲望のはけ口として私を利用できると思っているのね？」男性とは、性に関してここまで残酷に割り切れる生きものなの？

ホアキンはためらいもせずにうなずいた。

ルーシーは震える体に腕を巻きつけ、ゆうべ自分が何を言い、何をしたか思い出そうとした。演技の素養はなく、駆け引きも得意ではない。おそらく、彼を見る目つきで、情熱のまにまに口走った言葉で、本能に急《せ》かされて愛した深さで、彼への思いの深さを吐露してしまったのだろう。少なくともクールな大人の女を装いはしなかった。もはや彼と目を合わすことができない。

「ショックだろうね？」口ぶりはあくまでも滑らかだ。「これまで男を何人たぶらかしてきたか知らないが、今回はそうはいかない」

ルーシーは二人を隔てるデスクをまわって前に出た。「指を鳴らせばすぐにベッドに馳《は》せ参じる娼婦《しょうふ》をお望みならお門違い。私はそこまで落ちぶれていないわ」

「感動的なスピーチだ」ホアキンは動じない。「だがゆうべのきみは娼婦のごとく奔放だった。理性を捨て、打算も忘れてぼくを欲しがり、結果としてそれはきみに有利に働いた。なぜなら、いまぼくが提案しているのはきみにとっても都合のいい――」

「冗談はやめて！」

憤怒に赤らんだルーシーの顔に痛烈な視線を当て、ホアキンはひょいと肩をすくめるいかにもラテン的な身振りで抗弁を退けた。「我々はみな、自分が手に入れられる最良のもので満足するしかない。だったらぼくか、フィデリオから奪った金のどちらかを選ぶんだ。両方欲しいとは言わせない。もしぼくを選ぶなら、こっちの条件をのむほかないんだ」

「あなたにそこまで言われるなんて……信じられないわ」心は悲しみに引きつれる。

「すべてが自分の思いどおりに運ばないと純真な子どもみたいにとぼけてみせる。いまだにそんな特技を持ち合わせているとは驚きだ」ホアキンはドアに手をかけ、目がくらむほどハンサムな顔に苦笑をたたえて振り向いた。「まともな経営者ならきみをオフィスから遠ざけるだろうね。きみがキーボードに八つ当たりしたおかげでコンピューター・システム全体がだめになってしまった。重要なソフトのコピーを送るようにロンドンの本社に連絡しなければ」

ルーシーはモニターに表示されたエラーという文字を呆然《ぼうぜん》と見つめた。ほかの二台のモニターにも同じ文字が点滅している。過熱した頭を冷やそうと一瞬目を閉じた。ロンドンの本社、とホアキンは言った。つまり、かなりの頻度でロンドンを訪れるということ？　考えるだけでもおぞましい期待が胸をよぎり、自己嫌悪に顔をしかめる。たとえホアキンが毎週ロンドンに赴くとしても、金輪際彼とは会わないわ！　彼は自分の魅力に絶対的な自信を持ち、私を好きなように操れるとうぬぼれているのだろうがそうはいかない。いかに愚かでも、過ちから何かを学べるだけの頭がルーシーにあることを彼は思い知るだろう。

ルーシーはすぐにヨランダを捜しに行き、メイドに教えられたジムに下りて彼女を見つけた。

「さっきの話、考えてみたのだけれど」ルーシーは息を弾ませ、バーにつかまってバレエの練習をしているヨランダに声をかけた。「協力してくれる？　いますぐロンドンに帰りたいの」涙声を聞いてヨランダは優雅なポーズを崩してルーシーを見つめた。

「そう、兄さんはあなたにも自分本位で独善的な持論を繰り広げたのね？」

「ホアキンとは関係ないわ！」悲痛な声が静かなジムに愚かしく響いた。

ヨランダの思いはすでにほかにあるらしく、彼女はダークブラウンの瞳をきらりと光らせた。「私たちが突然消えたことを知ったらホアキンはどんな顔をするかしら」

8

その日の夜、ヨランダが座席のシートを倒して眠り込むのを見届けて、ルーシーはようやく一息ついた。ロンドン行きの便に乗って一時間。神経は張りつめ、心身ともに疲れ果てている。ヨランダは驚くほど手際よくハシエンダ・デ・オーロからの脱出プランを練り、実行に移した。

念書にサインはできないが、遠からずフィデリオの口座にお金を振り込むと置き手紙を書くあいだに、ヨランダ付きのメイドが手早くルーシーの荷物をまとめた。手紙を残して裏口にまわると、外には大型の四輪駆動車が止まっていて、後部座席にはすでにヨランダが座っていた。

「ルーシー、早く車を出して。だれかに見つかったらすべてが水の泡よ」

そのとき、ヨランダの脱出計画になぜ自分が必要不可欠だったのかを理解した。彼女はルーシーの財布に運転免許証があるのを見て、このことを思い立ったに違いない。

「私が運転するはずないでしょ？」きかれるのを待たずにヨランダは自分から説明した。

「いつだって運転手つきのリムジンを使えるんだから。でもいまうちのリムジンを使ったらグァテマラ・シティに着く前にホアキンにばれちゃうわ」

空港までのドライブはまさに悪夢だった。四駆の大型車を運転するのは初めてなうえ、ロンドンとは反対の右車線を走らなければならない。混雑したグァテマラ・シティの交差点でうっかり左車線に入ってしまい、けたたましくクラクションを鳴らされて肝を冷やした。やっとの思いで空港に着いたあとも難儀は続いた。

乗りたい便に空席がないと言われたヨランダは、自分はデル・カスティーリョだと名乗り、なんとしても席を空けるようにとエアラインのカウンターで大声で怒鳴り散らした。そればかりか、ルーシーのエコノミークラスのチケットをファーストクラスに変更しろとさえ命じた。

「ホアキンはグァテマラではVIPだから、私が乗りたいと言えばほかの客を降ろしてでも乗せるわ。デル・カスティーリョの一族がこの航空会社を利用すれば会社にとっていい宣伝になるんですもの」車のなかでヨランダはそう言って胸を張り、幸か不幸かそのとおりの結果になった。

搭乗してからもヨランダは手に負えないわがままぶりを発揮し、ファーストクラスのなかでも一番広い最前列がいいと言い張って二人のビジネスマンを後ろの席に追いやった。つらかったのは、傍若無人な女の子をいさめる責任がルーシーにあるとでもいうように、ほかの乗客から冷ややかな視線を浴びたことだった。

いまになると、ホアキンが妹の行動に口うるさく干渉するのももっともだと思う。ヨランダは何もかもが思いどおりにならないと手足をばたつかせてだだをこねる大きな子どものようだった。莫大《ばくだい》な富と周囲のおもねりが彼女をここまで増長させたのだろうか？

「あなたが気に入ったわ、ルーシー」シートを倒して眠り込む前、ヨランダはそう言ってほほ笑んだ。「ロンドンのどこかに落ち着いたら連絡するから、たまには遊びに来てね」

自分がなぜ突然ホアキンの妹の保護者みたいな気分になったのかはわからない。でも、度肝を抜くような派手な服装といかにも世慣れたふうな尊大な態度とは裏腹に、ヨランダが自由と自立を手に入れるにふさわしい大人になっていないのはたしかだと感じた。

グァテマラから――ホアキン・デル・カスティーリョから――遠ざかるにつれ、気持ちはますます落ち込んでくる。目の前の問題を解決しないままロンドンに帰ったらシンディはどう思うだろう？　ルーシー一人ならともかく、衝動的で気まぐれなヨランダを道連れにハシエンダ・デ・オーロから抜け出したことを知ったらホアキンは激怒するに違いない。いま冷静になってみると、自分が何をしたにせよ、とんでもない過ちを犯したような気がしてきた。

「暇ができたら電話するわ」ヒースロー空港でタクシーに荷物を積み終えるとヨランダが

言った。「でもあんまり期待しないで。これからはおつき合いで忙しくなると思うから」

ヨランダと別れるとルーシーはまっすぐ姉のフラットに向かった。戸口に立つ妹を見てシンディは目を丸くしたが、すぐにほっとしたようにルーシーを抱き締めた。「帰ってきたのね！　よかった。問題はすべて解決？」

「いいえ……」

「まさか、例の念書にサインしたんじゃないでしょうね？」

ルーシーは首を横に振り、これまでのいきさつをおおまかに説明した。話を聞きながらお茶をいれていたシンディはいぶかしげに目を上げ、探るように妹を見つめた。

「どうしてその人の名前ばかり繰り返すの？」

「だれの名前？」

「ホアキン。決まってるでしょ？」

「べつに……理由はないわ」ルーシーは赤くなり、口ごもった。「その人が今度のことの中心人物だというだけ」

でもシンディははぐらかされなかった。「もしかしたらあなた、恋しちゃったの？　私の人生を台なしにしようとしているお節介やきのグァテマラ人に？」

「フィデリオ・パエズのお金の問題さえ解決すれば、彼は何もしないわ」

「お金のことなら大丈夫。きのう弁護士と会ってすべての手続きを任せたから。それよりあなたの話を聞かせて」

「これ以上話すことはないわ。それに、グァテマラのことはもう忘れたいの」

一秒か二秒、沈黙が続いた。

そしてシンディが肩をすくめる。「万一デル・カスティーリョがここに押しかけてきても、私はいないわ。急に映画の仕事が入って、今週末からスコットランドで始まるロケに加わることになったから」

「楽しそうね」ルーシーは失望を隠してうなずいた。帰ったばかりなのに、あと何週間かで嫁ぐ姉とゆっくり過ごすこともできないのは残念だった。

「悪いけど引っ越しの荷造りは手伝ってあげられないわ。買い手はできるだけ早く入居したいんですって。その人が早く入居すればそれだけ早くフィデリオにお金を返せるってわけ。でも、そのことをロジャーに話すべきか否か、まだ迷っているの」

「ごめんなさい、シンディ。問題を残したまま帰ってきてしまって」

シンディはばつが悪そうにうつむいた。「ヨランダにあれだけはっきり言われて、あなたが私のために苦しむのは筋違いだって気づいたの。そもそもこんなことをあなたに頼んだ私が悪かったのよ。犯した罪は必ず自分に報いが来るのだし、それに関連して思わぬ事態が起こったとしたら、それをできるだけうまく処理するしかないわ」

双子でありながら二人の性格は正反対だと、ルーシーは改めて思い知らされた。姉は楽天的な現実主義者。妹の私は神経質で心配性。ホアキンの脅迫じみた要求を知ってシンディはいっとき慌てたかもしれない。でも結局は攻撃をうまくかわし、日々を来るがままに受け入れている。

かつて母と暮らしたフラットに向かうタクシーのなかでルーシーはふっとため息をもらした。色彩豊かなグァテマラの風景と比べると、せわしなく車が行き交う真冬のロンドンは陰気でわびしすぎる。これからは結婚式にクリスマスと楽しい行事が重なるけれど、ロジャーとシンディがハネムーンに出発したあとは一人寂しくクリスマス・シーズンを祝うことになるだろう……。

ルーシーはそれから二週間後に姉のフラットに移った。シンディはまだ帰ってきていない。映画の仕事は終わったが、いまはオックスフォードのロジャーの実家でドイツから帰るフィアンセを待っていた。式まであと三日。よく気がつくロジャーの母親のおかげですでに準備は万端整っているという。

荷を解いている最中、一休みしようとルーシーはラウンジチェアに横たわったが、十分もしないうちに寝入ってしまった。目を覚まし、怠惰な自分に腹を立てる。最近なぜこんなに疲れやすいのかわからない。おまけに胃の調子が悪く、ときどきめまいがすることもあった。

またインフルエンザがぶり返したのか、それともただの過労か、いずれにしても体調がすぐれず、おととい医者に行っていくつかの検査をしてもらった。その結果は、一両日中にクリニックに電話をしてきくことになっている。

ゲストルームで自分用のベッドを整えているとき、階下から通じているインターフォンのチャイムが鳴った。玄関に急ぎ、壁面の全身鏡に映るやつれた顔を見て眉をひそめる。デザイナーブランドを着慣れたあとだけに、本来の自分の服の野暮ったさが際立って見える。ブルーのチュニックセーターとロングスカートは着やすく暖かいけれど、お世辞にも洗練されているとは言いがたい。

でも当分は手持ちの古い服を着まわすしかなかった。おしゃれより優先させるべきことがある。姉の結婚式の翌日からクリスマスまでという期限つきで玩具《がんぐ》店でアルバイトをすることになってはいるが、まだ自分の住まいさえ見つけられずにいた。

「どちらさま?」ルーシーはインターフォンのボタンを押した。

「ドアを開けろ!」ホアキンの高飛車な声がしてルーシーは立ちすくんだ。「早く開けるんだ!」

考えるより先にボタンを押していた。歓喜の渦にのまれ、心は舞い上がる。ホアキンがいまここに、ロンドンにいる！　声を聞くかぎり上機嫌とは思えないが、とにかくあと何秒かで会えるのだ。フラットのドアを開け、高ぶる思いを抑えかねてくるっと一回転し、そして静止する。ルーシー・ファビアン、あなたはいったい何を考えているの？　いまホアキンと会えば再び苦しみのスタート地点に戻ることになる。あれからいささかでも苦しみが減じたわけではなかったが……。いまでも五分ごとに、弱気になったときはほぼ絶え間なく、彼のことを考えている。でも相手が同じ気持ちでいるはずもなく、これ以上思いをさらけ出すのは愚かに思えた。

エレベーターが閉まる音を聞いた瞬間、ルーシーは慌ててドアを閉ざそうとした。「ごめんなさい、ホアキン。やはり会わないほうがいいと思うの。用があったらいつでも電話を――」

ホアキンは何も聞かなかったかのようにドアを押し、立ちはだかったルーシーを造作なく押しのけた。「ヨランダは？」開口一番きいた。

ヨランダ？　ルーシーは鋭い失望に胸をえぐられ、そんな自分を嘲笑《あざわら》った。ほかのどんな言葉を期待していたの？　もちろん、ホアキンは妹の家出に激怒した。彼ほどワンマンな男がこの情況をそのまま放置することはないだろうし、それがわかっていながら淡い期待を抱いた自分を愚かしく思う。

「本人に無断で居所を教えるわけにはいかないわ」

「ぼくに教えたくないなら警察に言え」

「警察？」

「自分が何をしたかわかっているのか?」ホアキンは歯をきしらせた。「ヨランダの家出に手を貸すとは。学校に戻るという書き置きを信じたぼくがばかだった。疑いもせず、学校に確認しないまま一週間をやり過ごしてしまった」

ルーシーは石像のように硬直し、かすれた声でつぶやいた。「学校?」

ホアキンはその問いを黙殺した。「学校に電話をしてヨランダが寮に戻っていないと言われたとき、たぶんきみと一緒だろうと察しをつけた。それ以来このフラットを見張らせ、きみの帰りを待っていたんだ」

「学校って?」ルーシーは繰り返し、大股で居間に入っていくホアキンのあとを追った。

「ヨランダが学校に戻るって、どういうこと?」

「十六歳の女の子が学校に行くのは当たり前だと思うが?」

「十六歳?　ヨランダが?」ルーシーは呆然《ぼうぜん》と彼を見つめた。

「妹はどこだ?」冷たいまなざしが問いつめる。

突然、重い自責の念に駆られてルーシーはうつむいた。いまとなれば妹の身を案じるホアキンの気持ちに嘘《うそ》はないと断言できる。甘やかされ、贅沢三昧《ぜいたくざんまい》に育った少女に一杯食わされるとは……。空港に向かう車のなかでたずねたら、ヨランダは今年で二十一になると五つもさばをよんだ。二十三歳の大人であるなら、彼女の幼稚な言動からほんとうの年齢を察するべきだったのだ。

「ごめんなさい。ヨランダが十六歳だなんて知らなかったものだから。うかつだったわ。ほんとうにごめんなさい」

「とにかくいまは妹の居所を突き止めるのが最優先だ。無事に見つかりさえすればきみの責任は問わないと約束しよう」

「ヨランダからはほぼ毎日電話があって」ルーシーは不意にあふれた涙を拭《ふ》いた。「先週はロレッタという友だちに会いにパリに行くと――」

ホアキンはすぐにポケットから携帯電話を取り出した。「その子の名字は？」

「さあ。でもヨランダはもうロンドンに帰ってきて、きのうは一日私と一緒だったの。ホテルにいると言っていたけれど、ホテルの名前は言わなかったし、私もきかなかったわ。なんとなく寂しそうだったから、ここに泊まるように言えばよかったのかもしれない。でも……」

「でも？」ホアキンは皮肉な視線を投げた。「家に若い女の子がいると自由が束縛される？」

反論したかった。でもこのフラットが姉のものだと白状すれば、自分がシンディ・パエズではないことを認めなければならなくなる。それに、なんであれ、いまは言い争っている場合ではなかった。

「ヨランダの電話番号は？」

「知らないの。いつも彼女のほうからかけてくるから」ルーシーは罪悪感に打ちひしがれて肘掛け椅子に腰を沈めた。「まさか十六歳だなんて……」

ホアキンはもう聞いていなかった。仕草で言葉を補おうとするかのように手を振り、居間を行ったり来たりしながら携帯電話でだれかとスペイン語で話し始めた。彼のあふれんばかりの生気に、入ってきた瞬間に部屋を支配したカリスマ的オーラにいま再び触れて、ルーシーは焼けつくような憧《あこが》れに貫かれた。

「ヨランダがかけてくるのはこの番号？」ホアキンは振り向いて居間の電話を指さした。

「いいえ」ルーシーは少し赤くなり、息を吸った。「きのうは私の誕生日だったから、ヨランダが携帯電話をプレゼントしてくれたの。これがあればいつでも好きなときに連絡できると言って。でも、携帯にはまだ一度もかかってきていないわ」

「だったらそれを持ってぼくのフラットに来てほしい。妹が見つかるまで、唯一の手がかりであるきみから目を離すわけにはいかないんだ」

自分のしたことを考えれば断るわけにもいかず、ルーシーは仕方なく立ち上がった。

「着替えてくるわ」

ホアキンはルーシーの服装に初めて気づいたかのように眉間《みけん》にしわを寄せた。「どうしてそんな格好を？」

「そんなって？」

「人目を気にしなくなったおばさんみたいだ」

ルーシーは何も言わずに居間を出た。ホアキンは現実のルーシー・ファビアンをおばさんと評した。姉から借りた華やかなドレスを脱げばみすぼらしいただの女というわけか。惨めな思いで姉の部屋に入り、黒のタイトスカートとターコイズブルーのアンサンブルを選んでブランドもののハイヒールをはいた。こんなときになぜ姉のワードローブをかきまわしてまでお洒落《しゃれ》をするのか、その理由を深く考えたくはない。

小さなトラベルバッグを抱えて戻ってきたルーシーを、ホアキンは無遠慮に眺めまわした。形よい胸を目立たせる高級素材のセーターからほっそりした脚へと滑る視線を感じて頬が熱くなる。穴があったら入りたいほど恥ずかしかった。身なりをけなされて大急ぎで女らしい服に着替えてくるなんて、こっちの弱みをさらけ出したも同然！　でもありがたいことに、ホアキンはフラットのドアに鍵《かぎ》をかけるルーシーにそれ以上の皮肉は言わなかった。

外で待っていたリムジンに乗り、ルーシーは気後れすまいといかにもくつろいだ姿勢で豪華な革張りのシートにもたれかかった。

「もし警察ざたになっていたらきみはただじゃすまなかった」ホアキンは唐突に言い、隣に座るルーシーに険しい視線を向けた。「ヨランダには相当の相続財産があるから、学校に戻っていないとわかったとき、実は誘拐を心配したんだ。だが、もしきみと一緒にロンドンにいるなら妹は安全だと思った。きみのモラルを信用していないのになぜそう感じたのか、自分でも不思議だが」

「もう一度言うけれど、ヨランダが十六歳だなんてほんとうに知らなかったのよ」

「それにしても、十六歳と二十三歳の波長が合うというのもおかしな話だ」

ルーシーはその当てこすりを聞かぬふりをする。「ヨランダのお母さまもずいぶん心配なさったでしょうね？　彼女もあなたと一緒にロンドンに？」

「ベアトリスが？」ホアキンは冷笑した。「とんでもない。彼女は十代の娘が何をしようがおかまいなしだ」

「なぜ？」ルーシーは眉をひそめて彼を見つめた。

「ベアトリスは後妻で、父とはずいぶん年が離れていた。父は遺言で娘のヨランダを相続人に指名し、自分の死後ベアトリスが再婚した場合、彼女に渡る生活費は大幅に減額されると定めてあった」

「それで、彼女は再婚したの？」

ホアキンはうなずいた。「ベアトリスと、彼女の再婚相手がヨランダの信託財産の保管人になったんだが、妹が九歳のとき彼らの不正流用が発覚して、以来、財産を勝手にいじれなくなった。娘に知恵がついてくると、ベアトリスは彼女を邪魔にしてイギリスの全寮制の学校に入れ、あとはほったらかしだ」

「ヨランダとお母さまがうまくいっていないらしいとうすうす感じてはいたけれど……」

「娘のほうがはるかに金持ちだという事実をベアトリスは快く思っていない。再婚相手は大きな建設会社のオーナーで、どう考えてもお金に困っているはずはないんだが」

「あなたとヨランダは仲がよかったの？」

「ベアトリスはぼくたち兄弟が接する機会をことごとく奪ったから、妹と十分理解し合えたとは思っていない。しかし学校から停学処分の通知がきたとき――」

「停学？　どんな理由で？」

「寮を抜け出してナイトクラブに遊びに行き、そのとき盗み撮りされた写真がタブロイド紙にでかでかと載ったんだ。もう手に負えないと、ベアトリスはヨランダをぼくに預けた。だが、妹は停学期間が過ぎても学校に戻りたくないと言い出して」

「それで口論していたのね。私、とんでもない考え違いをしていたわ」

運転手がドアを開け、ルーシーは目をまたたいて車を降りた。話し込んでいて、車が閑静な住宅地に入ったことにも、ジョージ王朝風のタウンハウスの前に止まったことにも気づいていなかった。

アンティークの調度品が配された広大なホールに入ると、執事とおぼしき中年の男性が壮麗な客間へのドアを開けた。

「ヨランダがプレゼントしたという電話は？」ホアキンはきき、ルーシーがバッグから出したピンクの携帯電話を受け取った。「電源も入れていないじゃないか」あきれたように彼女を見つめる。

「まだマニュアルを読んでいないの。でも、充電はしたわ」

ホアキンはボードを操作してからコーヒーテーブルに電話を置いた。「着信はなかったようだ」

ルーシーは肘掛け椅子に座り、豪華な敷物の一点に目を凝らした。涙がちくりと目頭を刺す。意中の男の子に初めてデートに誘われた十代の女の子のように姉の服を借り着するとは、我ながら情けなかった。ルーシー・ファビアンはミステリアスでもなければ美人でもなく、シンディ伝授の今風のメイクさえしていない。ハシエンダ・デ・オーロの情熱の夜はホアキンにとって大いなる過ちだった。いま目の前にいる彼の態度を見るかぎり、あの夜の出来事はすべて幻想だったのかもしれないと思えてくる。

「ヨランダから電話があっても、ぼくがここにいることは言わないほうがいい。居場所をきいてそこに行くか、どこかほかで落ち合うか、とにかく会う約束をしてほしい」

ルーシーは黙ってうなずき、いらいらとフロアーを歩きまわるホアキンを目で追った。

「ヨランダと会えたとしても、いったい何をどう言えばいいんだ！」執事が運んできたコーヒーには目もくれず、ホアキンはもどかしげに拳《こぶし》を握った。

独り言とも取れる苦悶《くもん》の問いは、ルーシーが周到に心のまわりに巡らした砦《とりで》を一気に打ち砕いた。

紺色のピンストライプのビジネススーツを完璧《かんぺき》に着こなした彼は冷静そのものに見えるが、グリーンの瞳には妹への深い気遣いが浮かんでいる。

「ヨランダはあなたに愛されていることを確かめたいんじゃないかしら?」

「そんなことは言わなくてもわかっているはずだ」

「そうは思えないわ」ルーシーはため息をついた。「お願い、けんか腰にならないように気をつけて。学校に戻りたくないと言うのなら無理強いせず、せめて話し合う努力をしてほしいの。ほかにも選択肢はあるはずだわ」

「にこやかに向き合って座り、そうしたいなら好きなだけ野放図にやればいいと言えばいいのか?」

ルーシーはテーブルにコーヒーを置き、椅子を立った。「そうじゃなく、あなたに聞く耳があることを彼女にわからせてあげて。ヨランダが反抗したとしてもそれは口だけで、本心ではないわ」

ホアキンは両手を上げて彼女を黙らせた。「妹に何が必要か、ぼくが一番よく知っている」

「なぜそう言いきれるの?　ヨランダと十分理解し合えたとは思わないと言ったのはあなたよ」

ホアキンはびくっと体をこわばらせ、一瞬顔色を失った。しかし傲然《ごうぜん》と頭をもたげたまま、氷河のようなまなざしで彼女を見返した。

「きみが質問し、ぼくは答えた。それを逆手に取って責められるとは思わずにね。だが、正直言ってヨランダとのあいだにまともな会話を成立させるのはむずかしい。きみと同じで、妹は恐ろしく頑固で激しやすいんだ」

暗黙の嘲《あざけ》りに傷つき、ルーシーは顔をそむけた。

「ごめん」ホアキンは彼女の肩をつかんで振り向かせ、顎に指を添えて目を合わせた。

「ぼくは昔から指図されるのが苦手なんだ」

「私こそ、ごめんなさい。無神経な言い方をして」

「きみの言うとおり、ぼくが間違っていた。ヨランダの問題でこれ以上過ちを重ねるわけにはいかない……」

ホアキンの近さに感覚のすべてが奪われて言葉が出ない。

「この二週間、どこにいた？」彼がさらりときいた。

「手紙に書いたでしょう？　売りに出したフラットにいたわ。そんなものは存在しないとあなたが言ったフラットに。買い手に急《せ》かされて、早く荷造りをして部屋を空けなければならなかったから」

「きみの財産リストにその不動産は載っていなかった」

「調査した人が見落としたんでしょう」

「そうらしいね」低く甘美なつぶやきは快い音楽のように空気を震わせる。

膝から力が抜け、静寂のなか、心臓は早鐘のように打ち始めた。胸は高くせり出し、体の芯《しん》に熱いうずきが生まれ……理性は撤退し、逃れるようにと促す心の声を強い憧れが打ち消した。

「あの日の夜明け、眠っているきみをゲストルームのベッドに抱いていくのはつらかった」ホアキンはささやき、カラメルブロンドの髪を指で探りながら彼女の顔をあお向かせた。「飽くことなくきみを求める自分がいやだった。もう一度、もだえるきみに体を重ねたいと願う自分がいやだった。弱い者だけが理性を失って欲望に支配される。だがこの二週間、ぼくはきみを求め続け、自分の弱さを思い知らされた」彼は両手を下に滑らせてタイトスカートを引き上げ、しなやかな脚のあいだに膝を割り込ませた。「多重人格のような、きみの謎《なぞ》めいた二面性がぼくを魅了する」

「多重……?」聞き違えたかと目をまたたいた。

「もちろん、きみがどんな女で、これまで何をしてきたか、正確に知っている」ホアキンは顔を寄せ、開きかけた唇に巧みに舌を差し入れて官能的なキスをした。「でも、きみのだましのテクニックにはこのぼくでさえ脱帽だ」

「どういう意味か……」情欲の炎をそそぎ込まれた肉体はすでに暴走を始め、思考回路がつながらない。

ホアキンはルーシーを向かい合わせに抱いたまま後ろのソファに座り、耳たぶの下のやわらかい肌を熱い唇で味わった。突然、その部分が肉体のほかのどこよりも愛撫《あいぶ》に感じやすい一点となる。思わずうめき、漆黒の髪をつかんで耐えがたい歓喜に身をしなわせた。

「わからない？」ホアキンは挑むようにきき、上気した頬を両手ではさむと欲望に燃え立つすみれ色の瞳をじっと見つめた。「きみは聡明《そうめい》で、カメレオンのように無節操だ。男に欲しがるものを与え、男の好みに合わせて自在に色を変える」

「ホアキン……」

彼は黙るようにと赤い唇に指を当てた。「きみにとってはそれが成功を勝ち取る武器なんだ」当惑した顔を満足げに見守り、唇に当てた手を離した。「マヤ遺跡のことをいつどこで勉強した？　うちのライブラリーで？　ぼくの気を引くためにマヤ文明の知識を頭に詰め込み、ジャングルのなかではぼくが追っていることを承知で裸で水浴びを――」

「違うわ！」すべてが計算ずくだったと決めつけられるのは心外だった。

「あの夜も、きみはぼくのベッドでラテンの男が好む内気で献身的なヴァージンを装った。もちろんあれは幻想だったが、演技は実に見事だった」彼は小さなヒップから開いた脚へとけだるい愛撫を繰り返し、ルーシーは過剰に反応する肉体を抑えられずに激しく震えた。

「私がいかさま師だと、大嘘つきだと言いたいの？」そう口にしてから、自分がまさにその言葉どおりの人間であることに気づいて震え上がる。名前も、服装も、何もかもがまがいものだった。

「純真そうな、いまにも涙があふれそうな大きな瞳……」ホアキンは頭を後ろに引き、切り込むような強いまなざしで彼女を見つめた。「なぜだろう? すべてが計算された演技だとわかっていながら、きみを汚す自分を最低な男だと感じるのは?」

「放して!」突然、いまの自分の屈辱的な姿勢を耐えがたく思う。

「だめだ」ホアキンはいきなり荒っぽいキスで唇を奪った。

がっしりした肩を懸命にたたいたが、拳を作ることすら忘れていた。一瞬の抵抗は巨大な欲望の波にのまれ、ルーシーはすでに同じ荒々しさでキスを返していた。猛《たけ》る情熱のほかはすべて消え去った。寄り添っても寄り添っても、まだ十分ではない。

いつ、どうやってソファに横たわったのだろう? 気づかぬうちに、再び懐かしい男の重みを支える喜びに満たされて彼を見上げていた。そのとき、《テディベアのピクニック》のイントロに似たメロディが意識の隅に割り込んできた。

ホアキンは唐突に体を浮かせ、テーブルの上の携帯電話をつかんでルーシーに差し出した。「ヨランダだ。わかっているね、ここにぼくがいることは内緒だ」

嘘をつく必要すらなかった。ヨランダは取り乱していて、買い物中に店で財布をすられたと泣きながら訴えた。「カードもお金もないの。どうしたらいい?」

「いますぐ行くから」ルーシーはためらわずに約束した。「そこで待っていて」

ルーシーのあとから店に入ってくるホアキンを見てヨランダは一瞬ひるんだが、頼もしい兄の出現にほっとしたのかすぐに表情を和らげた。

財布が戻る可能性はゼロに近い。それでもホアキンは盗難に遭ったことを警察に知らせ、クレジットカードを無効にし、ヨランダのいるホテルに帰って荷物をまとめようと店の前で待つリムジンに戻った。

「あなたも一緒に来て、ルーシー」ヨランダの顔にようやくほほ笑みが戻った。

「そうしたいけれど、ほかに約束があるの」

「でも、あなたがいないとつまらないわ」

「よかったら今夜、三人で家で食事をしないか?」ホアキンがさり気なく言い添える。

「ありがとう。でもほんとうに用があるの。近くのバス停で降ろしてくださる?」ルーシーはかたくなに言い張った。

いまこそデル・カスティーリョときっぱりかかわりを断つべき時だと心に決めた。シンディはフィデリオ・パエズにお金を返す手続きを弁護士に一任し、今後ホアキンと直接交渉することはない。これ以上ルーシーが演ずべき役割はなく、ホアキンにほんとうの自分を明かす必要もなくなった。遅かれ早かれヨランダが兄に事実を話し、双子姉妹にかつがれていたことを二人で大笑いするだろう。

「また電話するわ」リムジンがバス停のそばに止まるとヨランダは不機嫌に口をとがらせて言い、皮肉なことにそのとき初めて、彼女の顔つきも口調も年相応の少女に見えた。ホアキンの探るようなまなざしを感じても、ルーシーはあえて視線を返さずに車を降りた。気分屋の妹が望むなら、彼は夕食にチンパンジーさえ招待しただろう。

ルーシーはバスを降り、スーパーで買い物をしてから徒歩でシンディのフラットに向かった。途中クリニックの前を通りかかり、ついでにおといの検査の結果を聞こうと思いついてドアを押した。

受付の女性はメモが添付されたカルテに目を通し、顔を上げた。「次の予約はどうなさいますか?」

「次の?」急に不安になってきき返した。「検査で何か異常があったんでしょうか?」

「初めての妊娠では定期健診をするのが普通じゃありません?」若い女性はにこやかに言い、椅子を立った。「念のためにドクターに確認してきます。彼の字はいつも読みにくいので」

9

妊娠?

間違いない、と医者は請け合った。いまは検査の精度が非常に高く、生理の遅れに気づく以前に妊娠の有無は判明するのだと。ルーシーは交通事故に遭ったみたいな気分でクリニックをあとにした。

妊娠の可能性について考えたこともなかった。男と女は長い真剣な交際を経て初めて性の関係を結ぶものだと信じていたので、避妊の心配すらしたことがない。嵐《あらし》のように激しい愛の行為と九カ月後に生まれてくる赤ちゃんとの相関関係が実感として理解できなかった。

いまになって無責任な性衝動に負けた自分を恥ずかしく思う。妊娠を知ったらホアキンはかんかんに怒るだろう。でも、不注意だった彼にも責任の一端はありはしないかしら? ホアキン・デル・カスティーリョほど経験豊かな男でさえ避妊を忘れるほど欲望にのまれたということ? 一回きりなら、たぶん。でも繰り返し愛し合ったのに、彼が一度も避妊を思いつかなかったとは考えにくかった。

眠れぬ夜を過ごした翌朝、気持ちを切り替えようとキッチンの片づけに精を出していると玄関のドアが開き、シンディのフィアンセの声がした。

「ルーシー、いるかい?」

「ここよ、ロジャー」

ロジャー・ハークネスがキッチンの入り口から顔をのぞかせた。髪は明るいブラウン。彼は体格がよく、日焼けしたいかつい顔には釣り合わない温和なブルーの瞳を持っている。

「きみをびっくりさせないように、入る前に声をかけるようにとシンディに言われたから」

「明日までオックスフォードにいるんじゃなかったの?」

「そのつもりだったんだが、新婚旅行に出かける前に出張の報告書を書いておきたくて。今夜はぼくの友人が仲間を大勢集めたので、シンディはあっちにいて客をもてなさなければならないんだ」ロジャーは顔をしかめた。「静かなところで報告書を書き上げて、明日の朝一番で出したいと思っている」

「ゲストルームのあなたの荷物には手を触れていないわ」ルーシーがいま使っているのは、ドイツに行く前までロジャーが使っていた部屋だった。

「そんなことはちっとも気にしていないさ」ロジャーは硬い微笑を浮かべた。「くたくたなんで、二、三時間仮眠してから仕事を始めるよ」

ルーシーはゲストルームに入るロジャーを見送り、唇をかんだ。早く自分のフラットを探さなければ。新婚夫婦の邪魔をするのは気が引ける。ゲストルームを使わせてもらうだけでも彼らにとっては迷惑に違いない。いつもおだやかで優しいのに、今朝のロジャーは妙に緊張し、ぎこちなかった。

かわいそうなシンディ。フィアンセの帰りを待ちわびていたのに、会ってすぐまた離れ離れになるなんて。ロジャーはきのうドイツから帰り、車でオックスフォードに行って一夜を過ごし、早朝に起きてまたロンドンに戻ってきたのだろう。だとすると、シンディから重大な告白を聞く暇はなかったと思う。でも、フィデリオの問題をいつフィアンセに話すかはシンディ自身が決めることで、ルーシーが頭を悩ますべきことではなかった。

それより自分の頭上の火の粉を振り払うほうが先だった。妊娠という現実にどう対処すべきか、いまだに気持ちは定まらない。中絶はしたくなかった。ホアキンがどう思おうが赤ちゃんを産みたかった。でもそのあとどうやって暮らしていけばいいのか？　一人で子どもを育てるという非現実的な計画を立てるのはいい。でもそれがどんなに困難かすでにわかっていた。

まず経済的な問題がある。働くシングルマザーを国が支援するという話を聞いたことはあるが、自分にその援助を受ける資格があるのかどうか、住む家もなしにどこで子どもを育てたらいいのか、皆目見当もつかなかった。

絶望に頭を抱えたとき、再び玄関のチャイムが鳴った。なぜ階下から来客を告げるインターフォンが鳴らなかったのかといぶかりながら玄関に急ぎ、うっかりチェーンをかけぬままドアを開けた。

「このビルのセキュリティはどうなっているんだ?」突然廊下にホアキンの声が響いた。

「表のドアは開け放しで、だれでも自由に出入りできる」

一瞬時が止まり、ルーシーは無上の喜びに満たされた。それは思考とは無縁の、純粋な感覚だけの反応だった。ホアキンがここにいる。ダークスーツに黒のカシミアのオーバーコートを重ね、夢かと思うほどハンサムなホアキンがここに……。しかし頭脳が本来の機能を取り戻すや、ルーシーはパニックに襲われた。

「ホアキン……?」どうしよう? ゲストルームにロジャーがいるのに! 彼はホアキンを知らないが、ホアキンはロジャーのことをすでに調査して知っている。もし彼らが顔を合わせたら、ホアキンは自分がだまされていたことを知ってロジャーに何を言うかわからなかった。そうなったらロジャーは、フィアンセの過去の不祥事を第三者の口から最悪の形で聞くことになるだろう。

「幽霊でも見たような顔をしているね」ホアキンはドアを押してホールに入った。

「突然だったから」そう言いながらどうやって彼を追い返そうかと必死で思い巡らしていた。

「朝はいつもそんなにぼうっとしているの?」ホアキンは笑ってからかい、ドアを閉める。美しいグリーンの瞳を見ればなお、彼の赤ちゃんをみごもっているという事実がひしひしと実感されてくる。いつロジャーが姿を見せるかわからないという不安に加えて、ホアキンにこれほど大きな秘密を背負っているという重圧が耐えがたくのしかかってきた。突然の緊張に、胃がきりりと絞られる。

「具合でも悪いのか?」ホアキンは気遣わしげに顔を曇らせた。

ルーシーはいきなりバスルームに飛び込んでドアを閉め、鍵《かぎ》をかけた。むかつきの原因は考えるまでもない。

「どうしたんだ、ルーシー? ドアを開けろ。早く!」ホアキンは叫び、ドアをたたく。

そのあと何度も口をすすぎ、最悪の気分でドアを開け、ふらふらとホールに出た。

「なかで倒れたらどうする?」ホアキンはルーシーを抱き上げてラウンジに入り、ソファに横たえた。「医者を呼ぼう。きみはもともと丈夫なほうじゃない。この際原因を徹底的に調べたほうが――」

「医者は必要ないわ」

「必要かどうかはぼくが決める」ホアキンは命じ、携帯電話を手に傍らに立った。

「でも、あなたにはわかっていない――」

「その顔色が普通じゃないってことくらいぼくにもわかるさ」ホアキンは手を上げて彼女

を制した。

「妊娠しているの」聞く耳を持たない彼にいら立ち、考える前に口走っていた。

しかし今回ホアキンは聞いていた。携帯電話が音をたてて床に落ちる。彼は長いまつげを上げ、その目には驚きが一瞬浮かんだが、次の瞬間まぶたを伏せて挑むように肩を怒らせた。「そう、それでも医者は必要だ」

「失礼、間の悪いときに……」ラウンジの向こうから別の男の声がした。

思わぬなりゆきに、姉のフィアンセの存在を忘れていた。言ってはならないことを言ってしまったショックに加えて、まさに間の悪いロジャーの出現にうろたえてルーシーはソファから身を起こした。ロジャーは話を立ち聞きしてしまったことにこっけいなほど狼狽《ろうばい》してホールへと飛び出していった。

「なるほど、そういうことか。どうりでぼくを見てあせったわけだ」ホアキンは一言一言をはっきり発音し、さげすみを込めてルーシーを見つめた。

「説明させて。これにはわけがあるの」いまとなっては百パーセントの真実を話す以外に残された道はなかった。「でも、ここではなく、どこかほかで話せない？」

「ロジャー・ハークネスがきみのフラットにいる理由を説明するのにどうして場所を変えなければならないんだ？」ホアキンは両手を広げ、全身に怒りをみなぎらせて問いただした。「ぼくと寝たあと、さっそくほかの男のベッドに飛び込むとは！」

「そうじゃないの、ホアキン、聞いて」

「きみは妊娠したと言う。でも父親はだれかわからない。赤ん坊が生まれたらDNA鑑定をすべきだろうね。それまでのあいだ、もしあいつが望むならきみを好きにすればいい。だがその前に――」ホアキンは重要な使命を帯びた男のように大股でラウンジから出ていこうとした。

「お願い、やめて」暴力も辞さないとほのめかす脅しに震え上がり、ルーシーは急いで彼のあとを追った。「ホアキン!」

引き止めるのも聞かず、ホアキンは手当たり次第にドアというドアを開け放った。しかしどこにもロジャーの姿はない。おそらく、大事な問題を二人きりで話せるようにと、あのままフラットから出ていったのだろう。

「くそっ!」ホアキンはいらいらと髪をかき上げた。「情けないやつだ。こそこそ逃げるとは」

「落ち着いて。私の話を聞いてちょうだい」

「話を聞く? おなかの子がぼくの子だというきみの大嘘《うそ》に耳をかたむけろというのか?」彼は痛烈に罵倒《ばとう》した。「ふざけないでくれ。きみの言う一言たりとも信じるつもりはない」

噴煙を吐く火山のようにいきり立って、ホアキンは振り向きもせずフラットから出ていった。

ロジャーが戻ってきたとき、ルーシーはソファに突っ伏して嗚咽《おえつ》していた。

「あの男がホアキン・デル・カスティーリョか」ロジャーはつぶやき、ティッシュを口に当てて起き上がったルーシーを気の毒そうに見守った。「彼には申し訳ないことをした」

ルーシーは涙を拭《ふ》き、驚いて彼を見つめた。「知っていたの？」

「ああ、シンディから全部聞いたよ。そのことで明け方まで話し込んでしまった」ロジャーは疲れたようにこめかみをさすった。「正直言ってショックだった。ただ、きみの……つまり、さっきの話は初耳だったが」

「妊娠のことはシンディは知らないし、話すつもりもないわ。少なくともいまはまだ」新たな涙があふれてくる。

「ぼくがドイツに行っているあいだ、シンディの力になってくれてありがとう」ロジャーはルーシーの泣き顔にほほ笑みかけた。「きみには大変な借りができてしまったね。ぼくたち二人とも――」

ルーシーはなんの話かと彼を見上げた。

「きみの良識のおかげで最悪の結果は免れられたんだから。もしシンディが事態を甘く見てこれ以上情況を悪くしていたら、いまごろ詐欺罪で告訴されていたかもしれない」温和な顔が厳しく引き締まった。「こんなことを言ってはなんだが、グァテマラに行ったのがきみでよかったと思っている」

その口ぶりから、ロジャーがまだシンディを許せずにいるらしいとルーシーは感じた。

「受け取った全額をミスター・パエズに返すまで、ぼくもできるかぎり協力するつもりだ」

「わかってあげて」険しい表情を崩さずにラウンジを出ていくロジャーを言葉で追った。「シンディに悪気はなかったのよ」

一人になり、ルーシーはいまさらのように自分の立場の危うさをかみ締めていた。けれど、どんな形で事実を話そうが、ホアキンは姉妹の恐ろしい裏切りに憤激するだろう。いまの段階ですべてを告白すれば姉の幸せを脅かすことになりかねない。そうであるなら、もう少し、せめて結婚式が終わるまでこの偽りを続けるしかなかった。

いまロジャーの気持ちは揺らいでいる。もし事実を知ったホアキンが怒りに任せてシンディの過去をすべてばらしたとしたら、二人のあいだに不信の亀裂《きれつ》が走りかねなかった。会社に報告書を出さなければならないというのは、シンディの思わぬ告白と折り合いをつけるまで一人でいたいがための口実ではないかという気がルーシーにはしていた。結婚が取りやめになったらどうしよう？　その可能性は皆無とは言えない。いま、ロジャーの実家で、なんの憂いもない幸せなフィアンセとして来客をもてなしているシンディの苦しみを思うといてもたってもいられなかった。

これ以上時間を無駄にせず、いますぐホアキンを追って事実を打ち明けるように急《せ》かす心の声を打ち消すのはつらかった。おなかの赤ちゃんの父親がだれか、ホアキンのひどい思い込みさえ正すことができないのはつらかった。でもあと二日の辛抱、と自分に言い聞かせる。結婚式さえ無事に終われば彼にすべてを打ち明けることができるのだ。

午後は街に出てきらびやかにクリスマスの飾りつけをした店を見て歩いた。ロジャーが落ち着きなく部屋を歩きまわっていて、フラットにいるのがなんとも居心地悪かったのだ。彼の思いつめた表情が気がかりだった。もし二日前に結婚式を取りやめることを考えているなら、だれだって思いつめずにはいられない……。

ヨランダが携帯に電話をよこし、まだホアキンと一緒なのかと屈託なくきいた。

「いいえ、だいぶ前に帰ったわ。つまり……来てすぐ帰ったの」

「仕事の話、聞いた?」

「仕事って?」

今後は寄宿舎を出て、ロンドンのタウンハウスから学校に通うことにしたとヨランダは報告した。ホアキンはなるべくロンドンで過ごすようにすると言っているが、それでも仕事で海外に出かけることが多いので、そのあいだ使用人以外のだれかがそばにいるほうが安心だという結論に達したという。

「それなら私のつき添いとしてあなたを雇えばいいと提案したの」ヨランダはちょっと得

意そうに言った。「なかなかのアイデアでしょ?」

ルーシーは天をあおぎ、ため息をついた。たとえ今朝のことがなくても、ホアキンがそんな仕事を〝道徳観のない詐欺師〟に提案するとは思えない。

「さあ、どうかしら」

「ルーシーったら!」ヨランダはじれったそうにさえぎった。「あなたは兄に夢中なんだし、私はあなたが気に入ってる。兄だってもっとよくあなたを知れば好きになるかもしれなくてよ」

「その可能性はまずなさそう」笑うべきか泣くべきかわからない。

「双子の姉さんがいるってこと、なぜホアキンに話さないの? 私が言ってあげましょうか?」

「いいえ、何も言わないで。あと二日したら必ず私から打ち明けるから。あなたたちきょうだいのあいだに秘密を持たせてしまってごめんなさいね」

「よく考えてみてよ、ルーシー」ヨランダは精いっぱい大人びた口調で言った。「私が兄さんにすべてを話すと思う?」

ルーシーは花束を手に、おしゃべり好きなロジャーの三人の妹たちのあとから車を降りた。

ルーシーを含めて、ブライズメイドをつとめる全員が白いブロケードのドレスを着ている。ウエディング・ドレスは白という月並みな発想を嫌って、シンディはピンクのドレスにすると言い張った。着飾ったグループは教会のポーチに集合し、車寄せに近づく花嫁のリムジンを迎えに進み出る。すると、バックシートのドアが開き、なかから輝くばかりに美しいシンディが現れてエスコート役のロジャーの父親の腕に手を置いた。

「もう少し待ってくれ」花婿のつき添い役の一人が会堂から出てきて彼らを制した。「ロジャーがまだなんだ」

「何かあったの?」シンディははっとしたように青ざめた。「彼はどこ?」

「花婿は交通渋滞の真っただなかであせりまくっている」彼は気をもむ花嫁を優しくからかった。「でもあと五分くらいで着くそうだ」

前の日、ルーシーは買い物に一日を費やした。シンディは早朝ロンドンに戻ってきてロジャーと仲直りしたが、それでも彼が土壇場で心変わりするかもしれないという不安は捨てきれずに今日を迎えたらしかった。

車高の低い黒塗りのスポーツカーが駐車を禁じられている教会の正面に停止した。ポーチにいるみんなはおしゃべりに夢中で、それに最初に気づいたのはルーシーだった。動揺し、険しい表情で車から飛び出したハンサムな男性をひたすら目で追った。

エンジンの音を聞いてシンディが急いで近寄ってくる。「ロジャーが着いたの?」

頭上に屋根が落ちるのを待つ人のように硬直して、ルーシーは階段に突進するホアキンを見つめた。卒倒しそうなほど心臓が激しく打ち始める。ホアキンはついに事実をかぎつけたの？　双子の姉妹に欺かれていたことに気づき、すべてをぶちこわしに乗り込んできたの？　でもどうしてわかったのだろう？　ヨランダから話を聞き出したのかしら？　そして結婚式という晴れの舞台でシンディを告発し、みんなの前で恥をかかせようというわけ？　いくら彼でもそこまで残酷になれるはずは――。

「嘘でしょ？」妹の表情を読んでシンディはおびえてささやいた。「あの人がデル・カスティーリョ……そうなのね？」

ホアキンは一段おきに階段を駆け上がり、ポーチで石像のように立っているルーシーに気づいて立ち止まった。「ルーシー」彼はしゃがれ声で叫んだ。「こんなことはさせない……許すわけにはいかない」

「お願い、帰って」シンディは涙声で訴え、そのとき初めて、ホアキンはピンクのドレスを着たもう一人の小柄な女性に気づいて目を見張った。

眉を寄せ、きらめくグリーンの瞳で二人を交互に見比べた。「きみが……二人？」

「私たち、双子なの。私はルーシー――」

「そんなことは言われなくてもわかる」ホアキンはもどかしげにうなった。

「妹が言おうとしているのは、フィデリオ・パエズを困窮させたのは私だということだと思うわ」シンディの声は低く、硬い。「マリオと結婚したのは私。ルーシーを私の代わりにグァテマラに行かせたのも私なの。もちろんルーシーは反対したわ。でも私は妹が断れないように追いつめた……つまり、妹の優しさにつけ込んで――」

ホアキンはその先を聞こうとはしない。「どっちが花嫁なんだ?」

「私……シンディよ」シンディは意外な質問に面食らって彼を見上げた。

「おめでとう、シンディ」長い沈黙のあと、ホアキンは無表情でつぶやいた。「楽しい一日を」

「どうも」ドレスの裾《すそ》をつまんで駆け出したいのに、急激な動きが恐ろしい災難をもたらすかもしれないとおびえてでもいるように、シンディはすり足で後ろにさがった。いまようやく、ホアキンがシンディの結婚式をルーシーのそれと思い込んだらしいと思い至る。

「そうか、きみは自分のことしか考えない身勝手で愚かな姉さんのためにぼくをだましたんだね」不吉なほどおだやかに彼は言った。

ブライズメイドたちの笑いさざめきが遠ざかり、地球は回転を止めてルーシーを絶望の淵《ふち》に突き落とした。向き合って立つ二人を突然の静寂が包み込む。

「ロジャー・ハークネスと結婚するのはきみだと思った。きみの……シンディ・パエズのフラットを訪ねたら、隣に住む人が笑って、みんな教会に行ったと教えてくれたんだ」ホアキンは大きく息を吸い、冷たく厳しい目でルーシーの蒼白《そうはく》な顔を見つめた。「きみが言った一言一言が嘘だった。ともに過ごした一刻一刻が偽りに根差していた」

ルーシーは、ホアキンの袖《そで》に触れようと上げかけた手を、彼のすさまじい怒りに圧倒されて力なく下ろした。

「いいえ、違うわ」どんな反論もいまは虚《むな》しい。

「きみのほんとうの名すら知らないんだ」

「ルシール・ファビアン……ホアキン、聞いて――」

「いまさら何を聞けと言うんだ？　招かれざる客は早々に退散したほうがいい。違うかい？　きみが犠牲を払ったのも、すべては姉さんの結婚式を無事に終わらせるためだったはずだ」ホアキンはきびすを返し、猛烈な勢いで階段を下りていく。

さっき絶望の淵に突き落とされたとしたら、いまは骨が砕けるほどの勢いでどん底にたたきつけられたような気がする。一瞬の逡巡《しゅんじゅん》のあと、ルーシーは彼を追って階段を駆け下りた。

「ロジャーの車よ！」だれかが大声でみんなに知らせた。「通用門から入ってくるわ」

ルーシーはフェラーリに乗る寸前のホアキンに追いつき、腕にすがった。「ごめんなさい」

「やめろ」彼は凍るような目つきで振り向いた。「見せものになりたいのか？」

ルーシーは赤くなり、身を引いた。そしてうつむき、ポーチに居並ぶ人々の好奇の視線を浴びて階段を上がり始める。

シンディが駆け寄ってきて妹を抱き締めた。「許して、ルーシー、こんなことになるなんて……」

「気にしないで」ルーシーはかろうじて微笑を作り、式の始まりを告げて大きく開かれた会堂の入り口へと進んだ。

ルーシーの結婚式と思い込んでホアキンは教会に乗り込んできた。もしそうなら式を妨害するつもりだったの? 〝こんなことはさせない……許すわけにはいかない〟と彼は言った。しかしいまとなってはその言葉の意味を探ることさえ虚しい。ホアキンとの未来があると信じたことはなかった。けれど、フラットでロジャーと鉢合わせをした二日前にすべての偽りを正さなかったことが、彼を決定的に遠ざける結果になったようだった。最後の最後までシンディを守りきった。でも、ほかのだれよりもおなかの赤ちゃんを守るべきではなかったの? ホアキンの怒りとさげすみを買ったとして、生まれてくる赤ちゃんにどんな益があるだろう?

最初のうち、ゲームをするような感覚でシンディを演じていたような気がする。平凡で冴《さ》えない日々を送っていた女の子が、初めての異国への旅と高価なデザイナーブランドの服にそそられなかったと言ったら嘘になる。妹を強引に替え玉に仕立てたことでシンディを責めることさえできなかった。ホアキン・デル・カスティーリョが、老パエズを破綻《はたん》させた詐欺師を罠《わな》にかけるために航空券を送ってきたとはシンディは夢にも思っていなかったのだから。

ホアキンが正義をなしたと認める一方で、ルーシーはすべての偽装は姉を守るためだったと自分を納得させようとしてきた。でも、心のどこかで、事実を話せば彼との接点がなくなるのではないかと恐れていたような気もする。動機はともかく、これほど罪深い嘘をつき続けてきたという事実を正当化することはできなかった。

会堂の前で挙式後の記念撮影が終わると、ロジャーがにこやかに近づいてきて耳打ちした。「きみをびっくりさせることがあるんだ」

なんのことかわからずに振り向いたが、ロジャーはすでにシンディの手を取って車のほうに歩き出していた。しかし〝びっくりさせること〟が何かはすぐにわかった。ホテルの宴会場に入ってまず目に飛びこんできたのは――。

それは、純白のシャツにシルバーのタイを着け、均整のとれた体を仕立てのいいダークスーツに包んだホアキン・デル・カスティーリョの姿だった。しかし何より驚いたのは、彼とロジャーが旧知の仲のように笑いながら話していたことだった。

友人のグループから抜け出して、シンディはまっすぐ妹のそばにやってきた。「教会に着いたとき、ロジャーはあなたとホアキンが外で話しているところを見たらしいの。で、およその事情を察して、車で走り去ろうとしたホアキンを追いかけ、披露宴に来るように説得したんですって。ロジャーがキューピッド役を果たすなんて、信じられる？」

「いえ、ええ……」義理の兄がなぜそこまでしたのか、ルーシーにはわかっていた。彼女がホアキンの子をみごもっていることを知って、二人で話し合うチャンスを作ろうとしたのだ。

「ここに来るまで、ロジャーったらそのことを私にも内緒にしてたのよ。見て、まるで十年来の友だちみたいにしゃべってる」シンディは寛大に、しかしちょっと寂しげにほほ笑んだ。「男って単純よね。今日がどんな日かなんておかまいなし。いつだってスポーツの話となると目の色を変えるんだから」

ブライズメイドの一人がルーシーに飲み物を手渡した。ホアキンはそのときようやく彼女の存在に気づき、ロジャーに何か言いおいてゆっくりこちらに近づいてきた。

「あなたが来ているとは思わなかったわ」

「そう？」ホアキンは嘲《あざわら》笑うように眉を上げた。「一家の長《おさ》として、ロジャーがぼくを招いてくれたんだ。フィデリオの件は片づいたかもしれないが、ぼくたちの問題はまだ残っている。たとえそうしたくても、いまのぼくは単純にさよならを言って立ち去るわけにはいかないんだ」

皮肉な言いまわしにかちんときて、ルーシーはすみれ色の瞳に怒りを燃やして彼を見上げた。「いつでも好きなときに立ち去っていただいて結構よ！」

彼はおなかの赤ちゃんのことを気にしている。それはそうだろう。一夜の情事の結果に責任を負わされて喜ぶ男はまずいない。

ホアキンは立ち去ろうとしたルーシーの腕をつかんで引き止めた。「あとで話し合おう」人目につかないように手を振りほどこうとすると、彼は指に力を込め、もう一方の手でワイングラスを取り上げた。「ミネラルウォーターにしたら？　妊婦にアルコールはよくないはずだ」

「余計なお世話よ」

「失礼。でもいまのところこのことで頭がいっぱいなんでね」

二人はホアキンのために新しく用意された席に向かった。花嫁のテーブルを行き過ぎようとすると、舅《しゅうと》と話していたシンディが立ち上がり、満面を笑みに崩して妹を抱き締めた。「おめでとう、ルーシー。ホアキンもやるじゃない？　うれしくて泣きたいくらい」

なぜ姉に祝福されたのかわからずに、ルーシーはホアキンが引いた椅子に腰を下ろした。

「ロジャーに話したんだ」

「何を？」

「ロジャーはきみの義兄《にい》さんになったわけだから、最初に彼に話すのが筋だろう？」長いまつげを頬に落とし、ホアキンは優雅な身のこなしで隣の席に着いた。「ぼくの国ときみの国の文化の違いを再認識させられたよ。もしロジャーがグァテマラ人だったら、こっちから言い出すまで待たなかったはずだ。まず教会に予約を入れてからぼくの頭に銃を突きつけ、当然の結果を要求する――」

「当然の結果って?」話が少しわかりかけてきたような気がするが、確信はない。

のみ込みの悪いお粗末な頭脳を哀れむようにホアキンは冷ややかに彼女を見つめた。

「準備が整い次第きみと結婚するという意味だ。ほかにある?」

10

ちょうどそのとき、ロジャーが立ち上がってスピーチを始めた。しかしルーシーは挑むようなグリーンの瞳に射すくめられて身動きができない。口が乾き、耐えきれずに目を伏せた。

何日か前なら喜んで受け入れたであろうプロポーズが、皮肉にも、いまは屈辱と悲しみの刃《やいば》となって心を深く傷つける。いや、ホアキンはプロポーズすらしなかった。話し合いもせず、なんら説明も求めずに、唯一の解決法は結婚しかないと独断で決めたのだ。それも、彼が望んだというより、責任を取るという前時代的な義務感のために。

「私が知らないところであなたとロジャーが勝手に決めた結婚なんて」ルーシーはきっと顔を上げた。「お断りよ」

「たったいま婚約した義妹《いもうと》の幸せを祈って！」ロジャーが陽気に乾杯の音頭を取り、ルーシーは赤くなって身を縮めた。いったいどういうつもりなの？　本人の気持ちを確かめもせず、喜んで結婚すると決め込んでいる。そうなれば邪魔な居候を追い出せるわけだけれど……。そう思ってすぐに子どもじみたひがみ根性を恥じた。

「踊ろう」食事が終わって何組かのカップルがフロアーに立つと、ホアキンが手を差し伸べた。

「いやよ」長いあいだ不機嫌に黙りこくっていたルーシーはにべもなくはねつけた。

「だだをこねるヨランダみたいだ」ホアキンは頭を寄せて低くつぶやく。

彼をひっぱたきたいという衝動に駆られたが、これ以上人前でみっともないシーンを繰り広げるわけにもいかず、ルーシーはしぶしぶ立ち上がった。ところがたくましい腕に抱かれた瞬間、温かく懐かしい匂《にお》いに包まれて胸がせつなく引きつれた。理性と欲望が別々の生きもののように錯綜《さくそう》して彼女を混乱に陥れる。固く引き締まった肉体とそれが放つ生気は抵抗の最後の砦《とりで》を打ち崩し、ルーシーはあきらめて目を閉じ、いま再び目覚めた憧《あこが》れに震えた。

「さっきは威勢よくはねつけたが、もしいまぼくのベッドにいたら正反対の返事をしていただろう」

「勝手な想像しないで！」

「想像じゃなく、たしかな事実だ。なぜなら、偽りだらけのなかで、ぼくを欲しがるきみの欲望だけが唯一の真実なのだから」

「嘘《うそ》をついたことは謝るわ。もっと早くほんとうのことを言うべきだった――」

「きみがいつほんとうのことを言った？」ホアキンは鋭くさえぎった。

「結婚式の前に事実を知ったら、あなたはシンディのところに乗り込んでいったはずよ。そんなことになったら結婚がだめになるかもと心配だったの」

「哀れなルーシー。いつも自分を犠牲にしてほかのだれかに利用されている。だが今度は囲われ者から正式な妻に昇格するわけだ」

ルーシーは怒りをこらえ、背伸びをして彼の耳元にささやいた。「いくらお金をもらおうが、あなたの愛人には決してならないわ」

「きみが男とただで寝る女だと思ったことはない。小さいころからきみよりはるかに計算高い女たちを見てきたからね。もちろんそれなりの代価は支払うつもりだった。でもそんなぼくでさえ、結婚指輪ほど高くつくとは夢にも――」

その瞬間、ルーシーは攻撃を仕かける猫のように、いままで口にしたことのない悪態をついて彼を押しのけた。フロアーを横切り、ヒールの音を響かせて化粧室へと向かう。

あんな卑しい男に恋するなんて！　冷たい水を手に受け、深い喪失感に震えた。なぜか、グァテマラから帰って二週間後に再会したときの彼の優しさが思い出されてならない。でもあの朝の優しさは目的を達するための手段だったといまならわかる。彼はあのときもまだルーシーを愛人にするという考えを捨てていなかった。だとしたら、彼もまた突然の情況の変化に戸惑っているのではないかしら？

そこまで考えてルーシーは化粧台の縁をつかみ、深く息をついた。

当然のことながらホアキンはひどく腹を立てている。冷静を装ってはいるが、ほんの二時間前まで双子姉妹の身代わり作戦については何も知らなかったのだ。そしてロジャーは、考えられる最悪のタイミングで彼を披露宴に招待した。それにしてもホアキンはなぜ断らなかったのだろう?

〝たとえそうしたくても、いまのぼくは単純にさよならを言って立ち去るわけにはいかないんだ〟とホアキンは言った。ルーシーの妊娠を知り、フィデリオの件に関する怒りは別にして、ロジャーを利用して事態を調整しようと思ったのかしら? でもなぜ結婚を言い出す必要があったのだろう。義妹の問題が片づいたことにほっとして、ロジャーがみんなの前でそのことを公表したとしても責めることはできなかった。

これからどうすべきかと心は揺れ動く。結婚など望まないと強がってさっさと歩み去ろうか。それとも……ルーシーはまだ平らなおなかに手を当てた。ホアキンを愛しているなら――おなかの赤ちゃんを失いたくないなら――選ぶ道はひとつ。

新婚旅行に出発する前、シンディは着替えを手伝ってほしいとルーシーをホテルの部屋に連れていった。「かつての最強の敵がこれからは義理の弟になるのね。まさに電撃結婚、すごいじゃない?」

「それほど単純じゃないわ。私、妊娠しているの」ルーシーは初めて姉に打ち明けた。

「ほんと？」シンディは驚いて眉を上げた。「いつも冷静で用心深いあなたが？　でも、グァテマラにそう長く滞在したわけじゃないでしょう？」

ルーシーは痛ましげにほほ笑んだ。「妊娠するのにそう長い時間はいらなかったわ」

「そう」シンディはにっこり笑った。「母親になる前に伯母さんになって、子育てがどんなものか体験できるわけね」ちょっとためらい、しんみりつけ加えた。「ルーシー、これだけは言っておくけど、ホアキンは思いやりのある申し分ない紳士だわ」

それから十分後、新郎新婦は空港に向け出発し、ルーシーはホアキンのフェラーリの助手席に座った。「私たち、話し合わなければ」

「話し合う？」ホアキンは辛辣《しんらつ》に問い返した。「爆発しそうな怒りを抱えているいま？」

「そんなふうに感じているなら、私たち、結婚すべきじゃないわ」

「そうは思わない。ぼくにはわが子とデル・カスティーリョの家名に責任があるんだ。十六歳の妹がそばにいるのだから無責任な行動は慎まなければならない。三日後に結婚しよう」

「三日後？」

「それまでに結婚許可証が手に入らなかったら、きみをグァテマラに引っ張っていって婚姻届にサインさせるつもりだ」彼は表情を引き締め、荒っぽく車をスタートさせた。「結婚は早いほどいい。我々の愚行の結末を妹に知られたくないのでね」

ヨランダのことまで思い至らなかった。でもいまそのことを考えて当惑する。年の離れた兄として、十代の妹に結婚前の妊娠を奨励するような行動が取れるはずはなかった。

「私、どこかに行ってもいいわ……ヨランダと会わないようなところへ」

「ばかなことを言わないでくれ。子どもを永遠に隠しておくわけにはいかない。それとも、ぼくの子を産みたくないとでも？」

「もちろん産みたいわ」

「だったらなぜ反対ばかりするんだ？」

流せぬ涙でひりひりする目をつぶった。ホアキンはただ単に責任を取ろうとしている。でも別の可能性もあるのではないかしら？　私はホアキンを愛し、彼の子を宿したがために結婚する。そしていつの日か奇跡が起きて……いいえ、何を言おうが、いまのホアキンが愛の奇跡を信じるとは思えない。

「シンディ・パエズになりすましてあなたをだました私を好きなだけののしったら？　まっすぐ怒りをぶつけられたほうがまだ……」

その声は襲いかかるような沈黙にのみ込まれた。ホアキンはたぎる怒りを厳密に胸に封じ、日常的なトラブルを解決するかのように、妊娠という重い現実に白黒をつけようとしている。感情など取るに足らないというのかしら？　妻にしようという女性に怒りのほか何も感じていないの？

どれほど時間がたっただろう？　ルーシーは見知らぬ部屋の大きなベッドで目を覚ました。ナイトランプがアンティークチェアのアームにかかるシルクのネクタイを照らしている。最後に覚えているのは、フェラーリのシートにもたれていたこと……。

腕時計は真夜中近くを指している。肘を突いて体を起こすとドアが開いてホアキンが入ってきた。ルーシーが起きていることに気づくと彼は立ち止まり、場違いな白いドレスをまじまじと見つめた。

「そのドレス、シンディの好みではないね？　彼女ならもっと挑発的なデザインを選んだはずだ」

ルーシーは驚いて頬を染める。彼の言うとおり、シンディはブライズメイドのドレスを白と決めはしたが、デザインを選んだのはロジャーの母だった。

「それを着ていると貞女の鑑《かがみ》のようだ。グァテマラでは男の目を引く露出度の高い服ばかり着ていたのに……きみは服装でメッセージを伝えていた」

「メッセージ？」

「挑発的なミニのスーツは〝私を見て、私をベッドに誘って〟と声高に叫んでいた」ホアキンは低い声で言い添えた。「それともぼくの感じすぎ？」

それを全面否定することができずにルーシーはうつむいた。シンディは異性の注目を浴びるのが好きで、そのためにいつもきわどい服を選んでいた。「あれは私の服じゃないわ」

「わかっている。今日、教会の外で会ったときもきみとシンディの違いは歴然としていた。シンディのほうがだいぶ年上に見えるし、顔立ちは似ていても表情と目つきが違ったから」

「あなたが私とシンディの見分けすらつかなかったら悲しかったと思うわ」

「ぼくが悲しいのは、きみがグァテマラを去る前に嘘を見破れなかったということだ。ほんとうのことがわかっていたら一夜かぎりの関係を結ぶ気にはならなかったはずだ」

「もうその話はやめましょう」

ホアキンは唇を引き締め、薄明かりに輝く瞳を彼女に向ける。「これまでハシエンダ・デ・オーロに女性を招き入れたことはなかった。神聖な家族の家を情欲で汚すまいと、自分なりの基準を守ってきたんだ。だがあのときは欲望が信念を凌駕《りょうが》した。セックスを武器にするような女の名誉を守る理由もなかったし、きみが最近まで男と暮らしていたと信じ込んでもいた」

「やめて」なんとか話題を変えたかった。

しかしホアキンは淡々と続ける。「妊娠の可能性を考えなかったわけじゃない。でも暴走する欲望を抑えきれずに……それでいま、二人でその代償を支払う羽目に陥ったわけだ」

ルーシーはあふれ出てくる涙に目が痛くなった。「責任を感じる必要はないわ」

「欲望の結果に責任を取らされて愚痴をこぼす少年じゃあるまいし」彼は笑った。「ぼくにだって損得勘定くらいできる」

ルーシーは意味をつかみかねて彼を見上げた。

「まず、これからは好きなときにきみを抱ける。第二に、数カ月後にデル・カスティーリョの子孫が誕生する。第三に、手のかかる問題児のお目付け役を探す必要がなくなった」話しながらホアキンはベッドに近づき、手をつかんでルーシーを引き寄せた。「ヨランダの年ではもう母親代わりは必要ない。それよりなんでも話せる義姉《ねえ》さんができたら喜ぶだろう。幸い妹はきみを気に入っているようだし」

彼はベッドからルーシーを軽々と抱き上げ、ドアに向かって歩き出した。

「私もヨランダが好きよ。でもだれよりも愛しているのは……」口から出かかった軽率な、しかし偽りのない言葉は即座にさえぎられた。

「これ以上は期待しないでくれ。きみと違ってぼくは嘘をつかない。もしおなかにぼくの子がいなかったら、きみはいまここにいなかったはずだ」ホアキンはルーシーを抱いたまま明るく照らされた廊下を進み、別の部屋のドアを開けてなかに入った。

「あなたがそんなふうに思っているなら一緒に暮らすことはできないわ！」あまりにも露骨なさげすみにさらされて心が凍りつく。

「最近はだれもがあいまいさを好むようだが、ぼくは善悪をはっきり区別している。そしてきみがぼくにしたことは罪悪だ」ホアキンは言葉とは釣り合わない優しさで彼女をベッドに横たえた。「おやすみ、ルーシー」

ルーシーは視野がにじむほど強いまなざしで天井を見つめた。目尻からあふれる涙が血の気のない頬を濡《ぬ》らす。ホアキンは正直に本心を語った。ルーシーを何かが欠けた人間だと決めつけ、彼女の罪を永遠に許すことはないとほのめかした。そんな彼とどうして結婚などできるだろう?

一晩じゅう悶々《もんもん》と寝返りを打ち、明け方、あらゆる可能性を秤《はかり》にかけた末に彼と結婚しようと心に決めた。ほかの何よりもおなかの赤ちゃんのために最善の道を選び、そのあとで結婚生活がうまく機能するように努力すればいい。ホアキンがすぐに変わるとは思えないが、時間をかけて誠意を尽くせば、いつか彼の気持ちもほぐれるかもしれなかった。その期待は甘いとしても、だれもが自分の望むすべてを手に入れられるわけではないのだから、妥協もひとつの選択には違いなかった。

翌朝ホールに下りようとして、クリスマスイブまで一週間もないのに、飾りつけがどこにも見当たらないことに気がついた。たぶんホアキンは、いつもはグァテマラでクリスマスを過ごすのだろう。

ダイニングルームに入っていくとホアキンは顔の前から新聞を下ろし、着替えがないので白いドレスを着たままのルーシーを横柄に見やった。

「あさって結婚許可証が交付されることになった。ちょっとしたかけ引きが効いたのかもしれない」彼は新聞を傍らに押しやって立ち、チャコールグレイのビジネススーツを着た長身をまっすぐにした。

「結婚すると言った覚えはないわ」すべてが意のままになると思っている彼にせめてもの抵抗を試みる。

「じゃ、いまきこう」見るたびに胸が痛むほどの美貌《びぼう》に冷たいグリーンの瞳がきらっと光る。「ぼくと結婚する?」

ルーシーは赤くなってうつむいた。「ええ……」

「だと思った」ホアキンはその返事を当然のように受け入れた。「手続きはスタッフに任せたが、申請にはきみの出生証明書が必要だ」

怒りと屈辱感に煽《あお》られ、後悔するような何かを口走る前にルーシーは唇をかんだ。

「今日からここで暮らせばいい。学校は明日からクリスマス休暇に入るから、ヨランダも明日の午後には帰ってくる。そのときはきみがいてくれたほうが安心だ」

ルーシーは朝食用の食器が配されたテーブルに着いて彼を見上げた。「あなたは?」

「今日の午後、パリに飛ぶ」

「明日は?」

「ロンドンに戻るが、たぶん夜遅くなるだろう」

心細く、出ていきかけたホアキンに未練がましく声をかけた。「もう出かけるの？」

「いいかげんにしてくれ」ホアキンはいらいらと振り向いた。「これからは外出するたびに百もの質問を我慢しなきゃならないのか？」

ルーシーは答える代わりにただうなずいた。

ホアキンは目を細くして何秒か彼女を見つめ、いきなりカラメルブロンドの髪をつかんで上を向かせ、唇を重ねて乱暴に舌を差し入れてきた。飢えを満たすかのような激しいキスに呼応して肉体は燃え上がる。しかしまたもやなんの前触れもなく突き放されて、ルーシーは冷たい孤独のなかに取り残された。

不機嫌な表情を浮かべて、ホアキンは彼女を放して深く息をついた。「忘れるところだった。指輪を……」サイドテーブルから小さな箱を取って差し出した。

「指輪？」

「婚約指輪がないとヨランダの前で格好がつかないだろう？」ホアキンは時間を気にして腕時計に目をやった。「明日にでも、妹と一緒にウエディング・ドレスを買いに行くといい」

「ウエディング・ドレス？」ルーシーはきのうから着ている白いドレスを見下ろした。

「でも、これで間に合うわ」

「デル・カスティーリョの花嫁に間に合わせのドレスはふさわしくない」ホアキンはドアまで歩き、そこで振り向いて言い添えた。「純白の、裾《すそ》を引きずるような伝統的なデザインが好きだ」考え込むように壁に目を凝らした。「ベールがいるね。それにティアラも欠かせない。ブーケは白一色のばら。髪はアップではなく、垂らしたほうがいい」

ルーシーは彼の詳細な指図を意外に思った。

「わかるね？　だれが見ても恥ずかしくない結婚式にしなければならない。ビデオで撮って、新年にグァテマラに帰ったときに盛大なパーティーを開いて親戚《しんせき》や友人たちに見せたいんだ」

「クリスマスをロンドンで過ごすなら、ツリーを注文していいかしら？」

五秒間、ホアキンはなんのことかわからないようだった。

「クリスマスツリーを……」

「お好きに」彼はどうでもよさそうに肩をすくめ、ホールへと立ち去った。

だれが見ても恥ずかしくない結婚式？　中身はなくても人目を取り繕うために式をあげるの？　ルーシーはため息をついて小さな箱を開け、花をかたどったダイヤモンドの指輪に目を見張った。この指輪も〝ヨランダの前で格好をつける〟ための小道具にすぎないと思うと胸が痛む。皮肉にも、ホアキンは嘘を容認しないと言いながら、一方では欺瞞《ぎまん》に満ちた結婚式をあげようとしていた。

11

「安いつるしにしてはいけてるわ」ヨランダは伝統的なウエディング・ドレスを着たルーシーのまわりを一巡して結論づけた。

「安いですって？　目の玉が飛び出るような値段だったわ」

「ルーシー、あなたは今日からデル・カスティーリョの一員になるんだから、これからはオートクチュールのドレスに慣れなくちゃだめ」

　それでも、ルーシーにとってこれは夢のようなドレスだった。もし一人だったら、きのうヨランダが連れていってくれたみたいなサロンには足を踏み入れることさえできなかっただろう。身ごろとほっそりした袖《そで》に網状にベビーパールがちりばめられたドレスはSサイズのサンプルで、一晩で丈が詰められ、今朝一番で届けられた。

　ホアキンはゆうべ遅くパリから帰ったようだが、おととい以来、まだ顔を合わせていない。ヨランダはあらゆる伝統を重んじるつもりのようで、新郎新婦が挙式の前に会うのは縁起が悪いと、ダイニングルームに下りようとしたルーシーを引き止めてメイドに朝食を部屋まで運ばせた。

ルーシーはヨランダと一緒にリムジンでロンドン郊外にある小さな教会へと向かい、そこで待ちかまえていたカメラの放列に目を疑った。

「グァテマラのテレビニュースで報道されるのよ」ヨランダは驚いたふうもなく説明した。マスコミが殺到することを事前に知っていたら怖《お》じ気づいていたかもしれない。けれどいま、祭壇に向かって歩き出した瞬間から、ルーシーの目にはシルバーグレイのスーツに身を包んだホアキン以外のだれ一人、何ひとつ、映っていなかった。そしてホアキンのまなざしもまた花嫁一人にそそがれる。誓いの言葉を繰り返し、ベール越しに視線を交わしたとき、ルーシーは深い幸福感に包まれてすべての不安を忘れ去った。

式がすむと、ルーシーは指輪をはめた手を新郎の腕に添え、雲の上でも歩くような足取りでリムジンに戻った。

「とてもきれいだ」ホアキンはほほ笑み、耳元でささやいた。

「ありがとう。でもヨランダったら、安いつるしにしてはいけてる、ですって」

ホアキンは声をあげて笑った。「妹が言いそうなせりふだ」

「いけない！」ルーシーは不意にあることを思い出して口に手を当てた。「電話を借りられる？」

「どうかした？」ホアキンはいぶかしげにきき、自動車電話を差し出した。

「今日からクリスマスまでおもちゃ屋さんで働くことになっていたのに、連絡するのを忘れていたの」ルーシーは番号案内で玩具《がんぐ》店の電話番号を調べ、事情が変わったことをもっと早く知らせるべきだったと言葉を重ねて謝った。

「なぜそんな顔をするの？」受話器を返し、ホアキンの妙な表情に気づいてルーシーは首をかしげた。

「わからないな。結婚式の日にわざわざ電話などしなくても――」

「せめて誠実でありたいから」

ホアキンは顔をこわばらせた。「それを言うなら、ぼくに対しても誠実であってほしかった」

「シンディの身代わりになったことを言っているなら、それとこれとは別の話よ」

「ずいぶんあっさり片づけるんだね」

「あなたが姉の過去をフィアンセに暴露すると脅さなかったら、もっと早くほんとうのことを話していたかもしれないわ」

「それはきみの言い分だ。ぼくはフィデリオの苦境を知って腹を立て、どんなことをしても奪われた金を取り返す覚悟だった」

「彼を苦しめるつもりはシンディにはなかったわ。お金の無心をしたのは事実だし、それが褒められたことじゃないのもわかってる。でもフィデリオが裕福だとばかり思い込んでいたのよ。最初からだますのが目的の詐欺師とはそこが違うわ」

彼はルーシーに暗い目を向けた。「どういうつもりだったにせよ許されることじゃない。身内だからといって善し悪《あ》しの判断を曇らせるのはどうかな」

「ごめんなさい。シンディはたった一人の家族で、私は欠点もひっくるめて彼女を愛しているの。人って変われるものよ。ロジャーと幸せになれば、シンディもおだやかで優しい女性になると思うわ。だから、姉がロジャーを失うような結果だけは避けたかったの」

「姉さんが幸せになるならきみは汚名を着せられても我慢するのか?」ホアキンは急に声を荒らげた。「ぼくはきみを売春婦と決めつけた。それでも平気なのか?」

「いいえ……」グリーンの瞳を焦がす憤怒《ふんぬ》の炎にたじろぎ、ルーシーは声を震わせた。

「きみはぼくを欺いた。愛し合ったあの夜も嘘《うそ》で固めていた。しかし何より許しがたいのは、おなかの子の父親がだれかわからないと思い込んだぼくにさえ真実を明かそうとしなかったことだ。あのままきみの前から姿を消していたかもしれない……二度と会うことはなかったかもしれない。きみはそれでもよかったのか?　ぼくたちの子がどうなってもよかったのか?」

「いずれ……私からあなたに連絡したと思うわ」

「どうやって?　さんざんだまされてきたぼくが、きみからの電話を取り、手紙の封を切るという保証がどこにあるんだ?　いっときでも娼婦《しょうふ》呼ばわりした女性を妻にするのは誇れることじゃない。きみが夫を愛せないとしても、せめて生まれてくる子どもには十分な愛と気遣いをそそいでほしいものだ！」

ホアキンは運転席とのあいだのパネルを開け、スペイン語で鋭く何か命じた。リムジンはすぐに歩道に寄って止まり、彼は運転手がドアを開けるのを待たずに外に飛び出した。

「ホアキン、待って！　どこに行くの？」

「外の空気を吸ってくる」彼は乱暴にドアを閉め、クリスマスの買い物客でにぎわう街に消えた。

ルーシーは突然、とてつもなく大きな山をもぐら穴と思い込もうとしてきた自分に気がついた。そのもぐら穴は背後で徐々に膨れ上がり、危険な活火山に変容した。優しさと思いやりを信条にしてきた自分がホアキンに対して残酷きわまりない仕打ちをし、それについて自分を正当化することはできなかった。

一人でタウンハウスに帰ると、広大なホールにきのう届いた樅《もみ》の木が立っていて、その懐かしい香りは子どものころのクリスマスの記憶をよみがえらせた。両親が離婚する前、家では手軽なプラスティックのツリーは使わず、毎年神聖な儀式のように森の匂《にお》いがするほんものの樅の木に飾りつけをしたものだった。いま、ツリーの傍らには執事が屋根裏部屋から運び下ろしたいくつもの木箱が積んである。なかには、ホアキンの母親が他界してからほぼ二十年放置されていたというアンティークのオーナメントが詰まっていた。

ウエディング・ドレスを脱ぎたくないが汚したくもなく、ルーシーは大きなエプロンを着けて箱のなかを探り始めた。新たな箱を開けるたびに、時の試練に耐えた美しい手作りのオーナメントが姿を現し、ルーシーはほかのすべてを忘れて飾りつけに没頭した。二時間ほどがたち、低い脚立に乗って上の枝に極彩色の小鳥をとまらせていると、玄関のドアが開いて買い物包みを抱えたホアキンが入ってきた。

「何しているんだ！」ホアキンは一瞬おびえたように立ち止まり、美しく包装された包みを脇《わき》に置いて駆け寄ると脚立からルーシーを抱き下ろした。「こんなことは使用人に任せればいい」

「ツリーの飾りつけは楽しいし、じっとしているより何かしていたかったの」ルーシーは落ち着こうと大きく息を吸った。今度こそ、正直にすべてを話して許しを請わなければならない。「ホアキン、何も言わずに私の話を聞いて。ロジャーがフラットに来ていたあの日、あなたはおなかの赤ちゃんの父親がだれかわからないと言ったわね？　そして私は誤解を解こうともしなかった。私は受け身でいることに慣れすぎていたんだと思うわ。でももしあなたがシンディの結婚式に現れなかったら、私のほうからあなたに会いに行ってすべてを説明したはずよ。誤解されたままでいるなんて耐えられなかったでしょうから」

ホアキンはルーシーの手を取り、指と指をからませた。「車にきみを置き去りにしたこと、許してほしい。混乱していて、もっとひどいことを口にしてしまうんじゃないかと怖かったんだ。取り返しのつかないひどいことを……」

「謝らないで。あなたに非はなかったわ。悪いのは私。あなたの気持ちも考えずに――」

「たしかに、シンディのフラットでロジャーと会ったあの日、ぼくは絶望し、苦しんだ。だが、それ以上に、きみがロジャーと結婚すると思い込んで気が狂いそうだった。教会に行ったのはなんとか結婚をやめさせるためだったが、内心ではもう手遅れかもしれないとおびえていたんだ」

「そして、あなたはあのとき初めて姉と私が入れ替わっていたことに気がついた……。ごめんなさい、ホアキン」後ろめたさに声がかすれる。「謝ってすむことではないけれど」

「姉さんの幸せを守ろうとしたきみの気持ちはわかる。グァテマラで、ぼくはごろつきのようにきみを脅したんだから。それがただの脅しなのか本気なのか、きみに判断がつくはずはなかった。でも言っておくが、ぼくは女性の不名誉な過去を結婚相手に暴露するような男じゃない」

「ええ。でもあのときはあなたが本気かもしれないと思ったの」

「会った瞬間きみに惹《ひ》かれた。そんな自分に腹を立て、きみが最低の女だと常に自分に言い聞かせるためにあれほどひどいことを言ったんだ」

会った瞬間きみに惹かれた――その一言はぼろぼろになった心の傷を癒《いや》すに十分だった。安堵《あんど》に包まれ、彼を見上げる。「ここに帰ってきてくれてよかった。あのままグァテマラ行きの飛行機に乗ってしまうんじゃないかと心配だったの」

「まさか。いくらぼくが短気でもそこまでばかじゃない」

ルーシーはいまごろになってウエディング・ドレスにエプロンがけというおかしな格好に気づき、恥ずかしそうに手を引っ込めた。「あら、手がほこりだらけ。洗ってくるわ」そう言って階段へと急いだ。

「心配させて、ほんとうにごめん」ホアキンは二階の踊り場でルーシーに追いつき、純白のドレスを汚すまいと広げた彼女の手を取って手のひらに唇を押しつけた。

ルーシーは驚いて顔を上げ、間近にきらめくグリーンの瞳を見て胸躍らせた。「あなたの瞳が好き……」思いがそのまま声になる。

「グァテマラで高熱にうなされていたとき、きみは何度もそう言っていた」魅惑的な微笑にその目をさらに輝かせて彼はからかった。

恥じらってゲストルームに駆け込もうとしたルーシーを、先まわりしたホアキンが引き止めた。「ここじゃない」彼は言い、自分の部屋のドアを指さした。「今日からはあそこがぼくたち夫婦の部屋になるんだ」

ルーシーは赤面し、廊下の奥の彼の部屋を突っ切ってバスルームに入った。

「なんて恥ずかしがり屋さんなんだ」ホアキンはドアの外で、香り高い石けんを泡立てる妻をいとおしげに見守った。「いま思うと、グァテマラでのきみの演技は最悪だった。ぼくは最初からきみの純粋さに気づいていたんだから。でもそれは演技だと、ほんとうのきみは節操のない詐欺師なのだと思い込もうとした。直感どおりきみが善良で汚れない女性だったら、そんな女性を欲しいと思う自分を許せなかったと思う。だからきみが悪女であるほうが都合がよかったんだ。ぼくのしたことは最低だった」

「そんなことないわ」ルーシーはタオルを取り、急いで手を拭《ふ》いた。

「二人の関係に未来はないとぼくは言い、それでもきみはぼくに抱かれた」ホアキンは苦しげに顔をゆがめた。「地獄に落ちろと、とっとと消えろとぼくをののしるべきだったのに」

「でも、あなたに消えてほしくなかったから……」

「きみは処女だった」

すみれ色の瞳で彼を見つめ、ルーシーはただうなずいた。

「それなのに、膝をすりむいたとかなんとか、ばかげた作り話で男を知っているふうを装うとは！　わかっていたら初夜まで待っただろう」

「そのことはもう忘れて」汚れたエプロンを脱ごうと背中に手をまわすと、すかさずホアキンが後ろに立ってひもを解いた。

「なんと言っても責められるべきはこのぼくだ」彼はエプロンをほうるとルーシーの肩を抱き、バスルームから出てドアを閉めた。「理想とはかけ離れた女性に夢中になったという事実を意地でも認めたくなかったんだ」

「夢中に……?」ルーシーはその一言しか聞いていなかった。突然口が乾き、心臓が狂ったように打ち始める。

「そう。じゃなかったらシンディの結婚式に駆けつけやしなかった。ほかの男にきみを奪われると思うと居ても立ってもいられなくなったんだ」深い感情に声がかすれる。「たとえきみがほかの男と寝たとしても、おなかの子がそいつの子であったとしても、それでもきみを失いたくなかった」

「ああ、ホアキン」感動の涙が抑えようもなくあふれてくる。「信じられないわ。そんなに愛してくれていたなんて」

「そのことを伝えたくて教会に行ったんだ」ほろ苦い微笑が彼の唇を和らげた。「そしてあの場で初めて、きみがシンディ・パエズでもなければ花嫁でもないと知った。ショックを受け、自分の愚かさを呪《のろ》い、きみへの怒りに我を忘れた。あのときロジャーが追ってこなかったら、ぼくは自分の体面にこだわってとんでもない間違いを犯すところだった」

「あなたが怒るのも当然だわ」ルーシーは彼の手にそっと手を重ねた。

「だまされたことに腹を立て、きみを許せないと思った。でも考えてみると、ぼくは最初からほんとうのきみを知っていたんだ。グァテマラで、きみは常にきみ自身であり続けた。ある意味ではこのうえなく正直だったとも言える。フィデリオの苦境を知ったときのきみの驚きは演技じゃなかったし――」

「私にも言わせて」これ以上思いを秘めておくのが苦しくなって彼をさえぎった。「愛しているわ、ホアキン。とっても、とっても」

彼はすみれ色の瞳を見つめ、そこに偽りのない愛を見いだしてほほ笑んだ。言葉はいらない。この瞬間、言葉で何かを語る必要はなかった。ホアキンは妻を抱き寄せ、燃えるようなキスをした。

ウエディング・ドレスを脱がせる手つきはぎこちなく、シルバーグレイのスーツを脱ぐ動作に気取りも計算もなかった。誤解と怒りは過去のものになり、二人は安らぎと喜びに浸されて情熱の波間に身を委《ゆだ》ねた。

ともに恍惚《こうこつ》の高みにのぼりつめ、至福の愛の余韻のなか、手を携えてゆっくり地上に舞い降りるとき、ルーシーはこれまで生きてきたなかでいまほど幸せだったことはないと確信した。

「きみに話しておきたいことがあるんだ」ホアキンは長くそったまつげ越しにばら色に輝く妻の顔を見つめた。「シンディの代わりに、ぼくがフィデリオの口座に未払い分を振り込むことにした。もちろんフィデリオには金の出所はわからないようにする」

ルーシーは驚いて彼を見上げた。

ホアキンは笑い、やわらかな花びらのような唇を人差し指でなぞった。「ロジャーは反対したが、ぼくからの結婚祝いと思って受け取ってほしいと説得したんだ」

「でも、なぜ突然気が変わったの？」

「ある意味で、フィデリオだけじゃなく、シンディもまた犠牲者だと思えるようになったんだ。マリオさえ死ななければこんなことにはならなかったんだから」ホアキンはため息をついた。「ロサンゼルスのホテルにぼくが借りきっているスイートルームがあって、マリオはそこに泊まっているときにきみの姉さんと出会って恋をした。彼は人をだますような男じゃないが、そのときばかりは彼女の気を引くためにその部屋を自分が借りていると見栄《みえ》を張ったのかもしれない。だとしたらシンディが彼を裕福な牧場主の息子だと思ったとしても不思議じゃない」

ありえないことではないとルーシーもうなずいた。

「フラットを手放したうえ、多額の負債を負って新婚生活をスタートさせるのはシンディにとって相当きついはずだ。そんな重荷は今後の夫婦関係に少なからぬ緊張をもたらすと思うんだ」

「ありがとう、ホアキン」彼の思慮深さに感動し、ルーシーは熱っぽくささやいた。「一分前より十倍も愛しているわ」

ホアキンは枕《まくら》に頭を預け、妻が浴びせるいくつものキスを喜んで受け入れた。「落ち着いたらシンディとロジャーをグァテマラに招待しよう。フィデリオもきっと大喜びで彼らを迎えると思うよ」

その日の夜、キャンドルが灯《とも》されたテーブルで二人きりの食事をしてから、ルーシーはホアキンが今日の午後買ってきてホールに置き忘れていたプレゼントの包みを開けた。なかから繊細なクリスタル細工の天使が現れた。

「店でこれを見てきみを思い出したんだ」

「天使を?」

「そうじゃなく、透明なクリスタルだ」ホアキンはからかうように言い足した。「いま、ぼくにはきみの心がこれくらいはっきり見通せるから」

食事のあと、クリスマスツリーの飾りつけにさほどの時間はかからなかった。ホアキンはルーシー以上に幼いころの幸せな思い出を懐かしみ、すでに木につるされていたアンティークのオーナメントを見るなり有能な装飾家に変身して妻を手伝った。

ホアキンが十歳のときに他界した母親はロンドンをこよなく愛していたという。母亡きあと、彼にとってクリスマスの意味は失われた。そしてルーシーもまた、両親の離婚以来、母とともに似たような悲しみを味わっていた。

「私がクリスマスツリーにこだわるのはそのせいかもしれないわ」ルーシーはしみじみとつぶやいた。「父が出ていってから、母は家庭的なことすべてに興味を失ってしまったの」

「もし巨大なサンタクロースを屋根にのせ、家じゅうを時代遅れの豆電球で覆いつくしたかったら、そうすればいい」ホアキンは揺るぎない愛を込めて妻を抱き締めた。「ヨランダがこれを見たらきみを手に負えないロマンティストと決めつけるだろう。内心では大喜びでもね」

しかしホアキンの憶測は当たらなかった。イブに帰宅したヨランダはゴージャスなツリーを見たとたん目を輝かせ、喜びを隠しきれずに歓声をあげた。「すごいわ、ルーシー、みんなでクリスマスを祝うのね！　私たちもイギリス人みたいにディナーに七面鳥を食べるの？　クラッカーを鳴らして、子どもじみたゲームをする？　靴下をつるして、真夜中にサンタクロースからのプレゼントを開けるんでしょう？」

「それは違う」ホアキンは妹をからかった。「子どもはクリスマスの朝になってからプレゼントを開けるんだ」

ヨランダはくすっと笑って兄を見上げた。「私はもう子どもじゃないわ。つまり、子どもっぽく振る舞えるほど大人になったってこと」

クリスマスの朝、ヨランダは靴下に入っていたテディベアに始まるたくさんのプレゼントに有頂天になり、客間に色とりどりのリボンと包装紙を散らかしたまま、友だちと長電話をしに二階に上がった。「来年はぼくたちの子どもが初めてのクリスマスを迎えるわけだ」失われたすべてのクリスマスを償ってあまりあるプレゼントに囲まれた新妻に、ホアキンは優しい笑みを向けた。

ルーシーはうなずき、ヨランダがプレゼントしてくれたビニールのサンタクロースに息を吹き込んで膨らまし、来年は私たちの赤ちゃんがこれを突いたりたたいたりしたがるだろうと夢見てため息をついた。

「新婚早々、家のなかを小じゅうとめがうろついていても気にならないかい？」

「もちろんよ」ルーシーはにっこり笑った。「ヨランダも私の大切な家族ですもの」ホアキンの息もつけない甘美なキスに心は歌い、胸は躍る。朝の礼拝に列席することになっていたことを思い出すまで、二人のあいだにまともな会話は成り立たなかった。遅れそうだと気づいてうろたえ、ルーシーは頬を上気させてソファから跳ね起きた。「クリスマス礼拝を忘れるところだったわ」

「ねえ、聞いてよ」二階ではヨランダが携帯電話で友だちとおしゃべりを続けていた。「兄さんがあんなにロマンティストだとは夢にも思わなかったわ。まるで子どもみたいにいつも奥さんと手をつないでるんだから。それに、あきれるほど女心を知らないの。ルーシーに退屈なマヤ文明の本を何冊もプレゼントしたのよ。それだけでもうんざりなのに、兄さんたら、来月は彼女を遺跡巡りに連れていくんですって。うちの庭にある遺跡じゃまだ足りないみたいに」

「ヨランダ！」階下からホアキンが声をかけた。「下りておいで！　教会に出かける時間だ」

結婚一年目のクリスマスを七日後に控えた日の朝、ルーシーはタウンハウスの客間の揺りかごに幼い息子をそっと横たえた。今日は姉夫婦を昼食に招いているので、夫が好きなブルーのドレスに着替えをすませ、彼らの到着を待っている。

ハイメ・エンリケ・デル・カスティーリョは母親の関心を引こうと愛らしい声をあげた。黒髪にブルーの目をした男の子は世界一満ち足りて幸せな赤ちゃんだった。それはそうだろう。ハイメは家族の大切な宝物で、両親はもちろん、ヨランダ叔母さん、使用人たちの愛と注目を一身に浴びている。

高校を卒業して試験でかなりの成績をあげたヨランダは十七歳でロンドン芸術大学に進み、自由な環境のなか、義姉《あね》の惜しみないサポートを得てアーティストへの道を着実に歩み始めていた。

シンディとロジャーはイースターの休みを利用してグァテマラに飛び、修復を終えて見違えるようにきれいになったフィデリオの家を訪ねた。老パエズは息子のかつての嫁を歓迎し、再婚相手のロジャーをも同じ優しさで迎えた。いま、シンディは良心の呵責《かしやく》に苦しむことなく、おだやかな老後を送るフィデリオと優しい関係を築きつつあるようだ。

ルーシーは白いフリルに縁取られた揺りかごの前にひざまずき、大きなブルーの瞳でクリスマスツリーを見上げる幼子にほほ笑みかけた。ほっそりした指にはいま、誕生日に夫から贈られた美しいエタニティーリングが輝いている。いま改めてそれを見つめ、自分が世界一甘やかされた妻、世界一幸せな母だと心の底から確信した。

ベージュのスーツを着たホアキンがぶらっと入ってきて、ツリーに飾られた星やら天使やらに手を差し伸べるハイメを見て楽しげに笑った。「揺りかごに寝かされているより、小さな解体屋になってツリーをめちゃくちゃにしたいって顔つきだ」

「来年のクリスマスにはやりかねないわ」ルーシーはやわらかなまなざしで息子を見下ろした。

ホアキンがかがんでがらがらを握らせると、ハイメは満足したようにブルーの瞳を輝かせた。「こんなに小さいのにがらがらを握る力の強いこと。見たかい？」

ルーシーは笑いをこらえてうなずいた。

ホアキンは妻を抱き寄せ、目尻に笑いを刻んで文句を言った。「またぼくをばかにしているね？」

「私の目にはまだそれほどタフガイには見えないけれど」ルーシーは夫の腕のなかで夢見心地でつぶやいた。「でもあなたのお見立てを信じるわ。男同士、あなたとハイメのあいだには特別な絆《きずな》があるんでしょうから」

「それはきみ」ホアキンは薄く開いた妻の唇を長いキスでふさいだ。「きみこそぼくとハイメの特別な絆だ。愛している、心から」